磨铁经典第一辑 · 发光的女性

我要用自己的头脑做武器，

在这艰难的世间开辟出一条路来。

您从来都不知道，
从我遇见您的那一天起，您就是我生命的全部。

形影不离

[法]
西蒙娜·德·波伏瓦
Simone de Beauvoir
_著

曹冬雪_译

Les inséparables

浙江教育出版社·杭州

序言

在阿德里娜·德希尔教会学校，九岁的学生西蒙娜·德·波伏瓦身边坐着一位浅棕色短发的少女——伊丽莎白·拉古昂，又名扎扎，只比西蒙娜年长几天。她举止自然、风趣幽默、率真大胆，在周围的保守主义作风中显得特立独行。下学期开学时，扎扎没有来，整个世界变得黯淡无光、死气沉沉。有一天她突然来了，带来了阳光、欢乐与幸福。她聪明伶俐、多才多艺，西蒙娜被她吸引，欣赏她，为她着迷。她俩争各门功课的第一名，变得形影不离。西蒙娜在家里过得并非不幸福，她爱着自己年轻的母亲，欣赏父亲，还有个对她言听计从的妹妹，但突然发生在这个十岁小女孩身上的，是她人生中第一次感情经历：对扎扎怀有炽热的感情，崇拜她，生怕惹她不高兴。当然，西蒙娜自己还只是个脆弱的孩子，无法理解这份让她深受打击的早熟经历，而对我们这些见证者而言，她们之间的故事令人动容。和扎扎的促膝长谈在她眼中具有无穷的价值。哦！她们所受的教育给她们施加了条条框框，不能过于亲密，彼此之间以“您”相称，尽管如此，她们之间的交谈是西蒙娜跟其他人从未有过的。这份无名的情感，按照传统的说法叫作“友情”，燃烧着她崭新的心，使她惊叹，让她迷醉，这样的情感如果不是爱又会是什么呢？很快，她知道扎扎对她并没有同样的依恋之情，也并没有猜到她的感情如此热烈，但是只要能爱着，其他又有什么关系呢？

一九二九年十一月二十五日，扎扎在她二十二岁生日前一个月骤然离世。这起意外的悲剧一直萦绕在波伏瓦心头。此后很多年，扎扎经常潜入她梦里，戴着一顶粉色遮阳帽，脸色蜡黄，以责备的眼神看着她。为了抵抗虚无和遗忘，她只能求助于文学的魔法。波伏瓦先后四次在不同题材的创作中，徒劳地尝试用文字再现扎扎，其中包括一些未出版的青年时代的小说、故事集《精神至上》（*Quand prime le spirituel*），以及《名士风流》（*Les Mandarins*）中被删掉的一段。《名士风流》在一九五四年获得龚古尔奖，同年，她再一次尝试写扎扎。这次她写了一部中篇小说，没有为其命名。这部作品此前没有出版过，现在是首次出版。这最后一次小说体尝试未能让她感到满意，但通过这一重要迂回，她实现了最终的文学转换：一九五八年，她将扎扎的生死往事记录在自传中，这就是《端方淑女》(*Mémoires d'une jeune fille rangée*)。

波伏瓦完成了这部小说[1]，一直保存着它，尽管她自己对其评价比较苛刻，但这部作品有极大的价值：当面对一个谜团，疑问层出不穷时，人会变换理解的角度，提出不同的观点，做各类解释。扎扎之死有一部分便是谜团。在一九五四年和一九五八年的两次创作中，关于这一死亡的讲述并不完全一致。首次刻画伟大友谊这一主题是在该小说中。这样令人迷惑的友谊如同爱情一般，曾让蒙田就自己与拉博埃希的关系写下："因为是他，因为是我。"扎扎

1 即《形影不离》。原文直接以"这部小说"指代，是因为波伏瓦本人对这部作品没有命名。——编注

在小说中的化身是安德蕾，小说的叙述者“我”——安德蕾的朋友，叫作希尔维。无论在作品中还是生活中，“形影不离的两个人”都在一起应对各种事件，却是希尔维怀着友情将这些事情讲述出来，通过一系列对比，她的讲述揭示了这些事件无法消解的模糊性。

小说的虚构性，意味着我们需要破解书中对现实世界的一些映射和变形。书中的人物、地点、家庭情况都跟现实不同。安德蕾·卡拉尔取代现实中的伊丽莎白·拉古昂，希尔维·勒巴热替代西蒙娜·德·波伏瓦。卡拉尔家（《端方淑女》中的马比耶家）有七个孩子，其中只有一个男孩；拉古昂家有九个孩子，六女三男。波伏瓦只有一个妹妹，书中希尔维有两个。我们当然能认出书中的阿德莱德学校就是著名的德希尔教会学校，该校位于圣日耳曼德佩的雅各布街。正是这所学校的老师们称两个小姑娘“形影不离”。这一表达架起现实和虚构之间的桥梁，被我们用作小说的标题。帕斯卡·布隆代尔的原型是莫里斯·梅洛-庞蒂（《端方淑女》中的普拉代儿），他幼年失怙，与母亲非常亲密，一同生活的还有一个姐姐，这个姐姐跟小说中的爱玛并不相似。利穆赞大区梅里尼亚克的庄园变成了萨德纳克；而贝塔里指的是卡涅邦，波伏瓦在卡涅邦小住过两次，那是拉古昂家在朗德地区的一处庄园，还有一处在奥巴尔丹。扎扎埋在那里，在圣－邦德隆。

扎扎的死因是什么？

根据冷冰冰的科学客观性，她死于一种病毒性脑炎。但是一系列由来已久的致命因素彼此串联、交织成网，紧紧地网住了她的整个人生，最终削弱了她、耗尽了她，将她逼入绝境，让她走向疯狂和死亡。这种串联究竟是什么？波伏瓦也许会回答："扎扎死于特立独行。"她是被谋杀而亡，她的死是一起"精神谋杀案"。

扎扎之所以会死，是因为她努力做自己，而人们想要使她相信这一企图是罪恶的。一九〇七年十二月二十五日，她生于一个激进的天主教资产阶级家庭，在这样一个恪守传统伦理道德的家庭，女孩子必须自我忘却、自我放弃、学会适应。

因为扎扎与众不同，她无法"学会适应"——这个阴森的词语意味着要将自己嵌入预制的模具中，模具里有一个为您准备的空格，和其他空格挨在一起。但凡超出空格的部分都会被抑制、碾压，如同废料一般被丢弃。扎扎无法将自己嵌入其中，于是人们就压抑了她的独特性。罪行、谋杀正在于此。波伏瓦憎恶地回想起在卡涅邦拍的一张家庭合照：六个女孩穿着同样的蓝色塔夫绸连衣裙，头上清一色地戴着矢车菊装点的草帽。扎扎站在自己的位置上，那个永远属于她的位置：拉古昂家的二女儿。年轻的波伏瓦强烈抗拒这张照片。不，扎扎不是那样的，她是“独一无二的”。不期而至的自由，是她家任何一条家规所不认可的。那群人不懈地围困她，她成了“社会义务”的猎物。她身边总是有自家或堂表亲家的兄弟姐妹、她的朋友们，还有各类近亲远戚，她需要为大大小小的事情忙碌，参与社交活动，接待访客，参加集体娱乐，没有片刻能自由支配。家里人从来不让她一个人待着，也不让她单独跟密友相会，她不属于她自己，没有私人时间，就连拉小提琴和学习的时间都没有。孤独这项特权她无法享有。因此，贝塔里的夏季于她而言简直是一座地狱。她感到窒息，他人无所不在——这让人联想到某些修会里相似的苦修，她那么想要逃离这种环境，竟至于用斧头砍伤自己的脚，以此来逃避一项可恨的苦差。在她家所属的阶层，女孩子不应该特立独行，不可以为自己而活，而是要为他人而活。“妈妈从没有任何事是为了她自己而做的，她一生都在奉献自我。”有一天她这样说道。在这些使人异化的传统的不断浸润下，一切活生生的个性化发展都被遏制在萌芽状态。然而对于波伏瓦而言，再没有比这更恶劣的丑陋行径，这也正是小说意欲揭露之物：一个可说是哲学性的丑陋行径。之所以说是哲学性的，是因为它侵害了人的境遇。肯定主体性的绝对价值，这是波伏瓦思想和作品的核心，并非个体——某一号样品——的价值，而是独一无二的个性的价值，这种价值使得我们每个人都是纪德所言“最无可取代的存在”，成为在此时此地就具有这种自我意识的存在。“去爱昙花一现的事物。”[1] 哲学思考也为这种不可动摇的基本信念提供支持：“绝对（l'absolu）”是在人间、在世上、在我们唯一和独一无二的存在中发生的。因此，我们知道扎扎的故事有着

1　出自法国浪漫派诗人阿尔弗雷德·德·维尼（Alfred de Vigny，1797—1863）的诗篇《牧人之家》（*La maison du berger*）。——本书注释除特别说明外均为译者所加，下同。

重要意义。

这起悲剧的推动力有哪些？几个因素交织在一起，其中一些显而易见：她爱着母亲，一旦遭到母亲反对就感到左右为难。扎扎对母亲的爱是热烈的、充满嫉妒的、不幸的爱。她如此冲动地爱着母亲，母亲对她却有几分冷淡，作为二女儿，她感到被淹没在兄弟姐妹群里，只是母亲众多孩子中的一个。拉古昂夫人手法高明，她没有用个人权威来管束孩子们的调皮玩闹，所以当涉及重大事务时，由于她的权威丝毫没有受损，就能更好地控制他们。一个女孩子要么嫁人，要么进修道院，无法根据个人性情、爱好来决定自身命运。安排婚姻的是家庭，通过组织“相亲”，根据价值观、宗教、社会等级、经济状况等标准来挑选合适的对象。这个阶层的人结婚讲究门当户对。在扎扎十五岁时，她第一次遭遇了这些致命的教条：家人突然阻止她跟堂兄贝尔纳见面，斩断了她对他的爱。第二次是在二十岁那年，她再次遭到沉重打击。她选择了不被看好的帕斯卡·布隆代尔，想要嫁给他，在那群人眼中，这是不可接受的。扎扎的悲剧在于，在她内心最深处，一个同盟暗地里支持了敌人：她没有勇气反抗一个神圣且心爱的权威，于是死于该权威对她的制裁。即使母亲的责备侵蚀了她的自信和对生活的热情，她也接受了这些责备，甚至要为给她判刑的法官辩护。拉古昂夫人的保守主义犹如一块顽石，但这块顽石仿佛有一丝裂缝：年轻时似乎她也被她母亲强制嫁给一个自己不喜欢的男人，这就使得她对女儿的压制更加不通情理。她不得不"学会适应"——这个残酷的词应运而生——自我否定。自己做了母亲之后，大权在握，她决定如法炮制，也去粉碎女儿的个性。在她那副镇定自若的面孔下，隐藏着怎样的沮丧和愤恨？

虔诚，或者说唯灵论，像沉重的盖子盖住了扎扎的生活。她沉浸在充斥着宗教气氛的生活环境里：出身于一个激进的天主教徒世家，父亲担任"多子女家庭联合会"会长，母亲在圣-托马斯-阿奎那教区享有声望，一位兄长做了神父，一位姐姐进了修道院。每年全家人都要参加卢尔德朝圣。波伏瓦所揭露的"唯灵论"，是"纯洁的白色"，是用超自然光晕掩盖极为世俗的阶级价值。当然，欺骗他人者先被欺骗。一切自动归于宗教，一切都变得合理。“我们只是上帝手里的工具。”卡拉尔先生在女儿死后这样说。扎扎之所以屈从，是因为她发自内心地相信天主教，而对一般人而言，天主教只是一种方便的、流于形式的实践罢了。她独特的品质又一次伤害了她自己。尽管已经识破她那个阶层“道德主义者”的虚伪、欺骗和自私，了解他们利欲熏心、锱铢必较，跟福音书的精神背道而驰，但她的信仰除了有过短暂的动摇外，一直保持到底。然而，内心的流放、亲人的不理解、与一种存在主义式孤独绝缘——家人从不让她独自待着，这些都让她痛苦不已。

她在精神世界的严肃与真诚却只换来对自己的侮辱与折磨，将自己逼入内心矛盾的绝境。因为跟很多人不一样，对她而言，信仰不是一种讨人欢心的上帝的工具，也不是为自己寻找理由、进行自我辩护、逃避责任的手段，而是对沉默、晦暗、隐而不显的上帝痛苦的质疑。她折磨着自己，内心撕裂：应该按照母亲的叮嘱，听话、变愚钝、服从、忘却自我，还是应该像朋友鼓励的那样，不服从、反抗，充分发挥上天赐予自己的天赋与才能？上帝的意志是怎样的？上帝对她的期许是什么？

萦绕不去的罪的念头侵蚀了她的生命力。与她的朋友希尔维不同，安德蕾 / 扎扎对性事比较了解。在她十五岁那年，卡拉尔夫人几乎是以一种虐待狂似的粗暴，直白露骨地告诉她婚姻的真相。提及新婚之夜，她毫无掩饰地说："这是一个要去经历的糟糕时刻。"扎扎的自身经验却与这种粗暴的描绘大不相同：她了解性的魔力，体验过那种意乱情迷，她跟男朋友贝尔纳的吻不是柏拉图式的吻。她嘲笑身边那些年轻处女的愚蠢，嘲笑正统派人士的虚伪，那些人"漂白"、否认或掩饰活生生的肉体涌现的欲望。然而与此相对的是，她知道自己面对诱惑没有抵抗力，她灼热的感性、激烈的性情、对生活的肉欲之爱都被重重顾虑所败坏：即使在最细微的欲望中，她都怀疑存在着罪，肉体之罪。悔恨、恐惧、负罪感让她心神不宁，对自我的谴责加重了她对弃世的向往，强化了她对虚无的欲望和其他令人不安的自毁倾向。她最终在母亲和帕斯卡面前让步了，两个人都试图让她相信长时间处在订婚状态是危险的，她同意远走英国，但其实内心十分抗拒。最后这一次对她的残酷逼迫加速了灾难的到来。扎扎死于所有这些让她内心分裂的矛盾力量。

在这部小说里，希尔维的角色是朋友，所起的作用仅仅是让人理解安德蕾。正如学者爱莉安娜·勒卡姆-达波纳（Eliane Lecarme-Tabone）所强调的那样，希尔维自身的回忆极少出现，关于她自己的生活、个人抗争、解放自我的动荡经历我们一无所知，尤其知识分子与保守派之间的根本对立——《端方淑女》的核心主题——在这里只是稍微提及。不过，我们还是能看出她在安德蕾的阶层不受待见，几乎不被接受。卡拉尔一家过着优裕的生活，而希尔维自己家本来属于不错的中产阶级，“一战”之后破产了，社会地位下降。她在贝塔里小住的时候，时常蒙受悄无声息的侮辱：她的发型、服饰被人指指点点。安德蕾悄悄在她房间的衣橱里挂了一条漂亮裙子。还有更严重的：卡拉尔夫人不信任她，觉得她误入歧途——她这样一位在索邦学习的年轻姑娘，将来要从事一份职业，自己挣钱养活自己，取得独立。那一晚在厨房里，希尔维向扎扎[1]吐露心声，直言从前扎扎于自己而言意味着整个世界，扎扎大吃一惊，这让人心碎的一幕标志着两位朋友的关系

1　原文为“Zaza”，即扎扎，此处作者采用了虚实结合的写法。——编注

扭转方向了。从此以后，是扎扎更爱对方。在希尔维面前，无尽的世界向她敞开，而安德蕾走向死亡。不过，是希尔维 / 西蒙娜复活了安德蕾。怀着温柔与敬重，她借助文学的力量重现了安德蕾的生命，肯定了她的存在价值。我还想提醒，《端方淑女》四个部分结尾词分别为："扎扎""讲述""死亡""她的死亡"。波伏瓦有负罪感，因为在某种意义上，继续活着是一种过错。扎扎是她逃离而付出的代价；她甚至在未出版的笔记中写下"祭品"这个词，扎扎是她获取自由而献出的祭品。但对我们而言，她的小说难道没有完成她赋予文字的近乎神圣的使命：抵抗时间，抵抗遗忘，抵抗死亡，"承认瞬间（l'instant）的绝对在场，一瞬即永恒"吗？

希尔维·勒邦·德·波伏瓦[1]

1 希尔维·勒邦·德·波伏瓦（Sylvie Le Bon de Beauvoir，1941—）：西蒙娜·德·波伏瓦的养女，也是她的文学遗产继承人。

扎扎和西蒙娜在卡涅邦，1928 年 9 月。

致扎扎

今夜，我两眼含泪，是因为您已经死去了，

还是因为我还活着？应该把这个故事献给您，

可我知道，您已经不在了，不在任何地方，

我是通过文学手法在这里跟您交谈。

不过，严格来说这并非您的故事，而只是一个受我们启发的故事。

您不是安德蕾，我也不是这位以“我”名义说话的希尔维。

第一章

九岁那年，我是个乖顺的小女孩。要知道，我并非一向如此。在更小的时候，我经常因受不了大人们的严厉管教而大哭大闹。有一天，一位婶婶忍不住郑重其事地说："希尔维被魔鬼附体了。"是战争和宗教制服了我。怀着一颗炽热的爱国心，我把一个"德国制造"的塑料玩偶在地上踩了又踩，不过我本来就不喜欢那个玩偶。别人告诉我：只有我品行良好，虔诚敬主，上帝才会救法国。我可不能逃避责任。在圣心大教堂，我和其他小女孩一起，边挥舞着小旗边唱颂歌。我开始经常做祷告并乐在其中。多米尼克神父一再鼓舞我，他当时是阿德莱德学校的指导神父，在他的谆谆教诲之下，我的宗教热情愈加高涨了。有一天，我穿着罗纱裙，戴着爱尔兰花边软帽，参加了人生中第一次领圣体仪式。从此以后，在大家的言谈之中，我俨然成了两个妹妹的榜样[1]。我祈求上帝让父亲被分到战争部——因为他患有心力衰竭——结果如愿以偿。

一天清晨，我兴奋不已，因为那天开学，我迫不及待想要回到学校。平时上课的时候，教室仿佛做着弥撒的教堂一般，给人一种神圣庄严的感觉。走廊里静悄悄的，老师们见到我们便露出温柔甜美的微笑。她们平时穿长裙，衣领很高。自从校舍的一部分被改造成医院之后，她们经常换一身护士服，白色头巾上印着红十字[2]，看上去就像圣女一般。每当她们把我搂在胸前，我觉得心都要融化了。那天我三两口吞下汤和粗粮面包——要是在战前，吃的可是巧克力和鸡蛋黄油面包——然后不耐烦地等着妈妈给妹妹们梳洗穿衣。我们三个人都穿一身军蓝色大衣，是用真正的军装布料裁剪出来的，款式也跟军大衣

1　在天主教中，接受过洗礼的儿童一般在八岁左右第一次领圣体，这表明他们真正具有了天主教信仰。希尔维成了家中第一个领圣体的孩子，也因此成了妹妹们的榜样。

2　原文直译为“带有红色印记的白色头巾”，查阅历史影像，“一战”期间护士的帽子和衣服上往往绣着红十字，何况本校是教会学校。故采用“红十字”译法。

一模一样。

“看，后面还有根小腰带！”妈妈对女友们说道，她们一个个流露出赞赏或惊讶的表情。妈妈牵着两个妹妹的手，带着我们从楼里走出来。经过圆亭咖啡馆[1]的时候，我们有些忧伤。这家咖啡馆刚开业，热热闹闹的，就开在我家楼下，爸爸说它是失败主义者的老巢。“失败主义者”这个词对我来说太新奇了，爸爸解释说：“这些人相信法国一定会战败。”“该把这些人都枪毙。”我不理解。人们相信一些东西，但不是故意要去相信的，只不过因为头脑中出现一些念头就要被惩罚吗？那些给孩子们发毒糖果的间谍、在地铁里用毒针扎法国妇女的人当然该死，但是对于失败主义者，我不是很确定。我才不想去问妈妈，她总是跟爸爸回答同样的话。

妹妹们走起路来慢吞吞的，卢森堡公园的栅栏似乎永远没有尽头。好不容易到了学校，我赶紧爬上楼，书包里鼓鼓囊囊地塞着新书，随着我的脚步欢快摇摆。走廊刚

1　圆亭咖啡馆（le café de La Rotonde）：巴黎最负盛名的咖啡馆之一。始建于 20 世纪初，在两次大战之间成为众多作家和艺术家的聚集地。海明威、毕加索、马蒂斯等人都曾是这家咖啡馆的常客。

上过蜡，蜡味中混着一丝疾病的气息。学监小姐们拥抱了我。在衣帽间，我见到了上一年的小伙伴们，她们当中没有谁跟我特别亲密，但我很喜欢大家在一起叽叽喳喳的样子。我在大厅逗留了一会儿，盯着橱窗里那些老旧物件，这些死去的东西已经又死了一回：塞满麦秸的鸟类标本的羽毛开始脱落，干枯的植物露出裂纹，贝壳失去了原有的光泽。钟声响起，我走进圣玛格丽特教室。每间教室的模样都大同小异。在老师的主持下，学生们围坐在一张椭圆形的桌旁，桌上铺着一层黑色的仿皮漆布。母亲们坐在各自的孩子身后，一边看着孩子，一边织风雪帽。我朝着自己的座位走去，邻座坐着一个陌生的小女孩。她有着棕色的头发[1]，面庞清瘦，看上去比我小很多。她用幽深的眼眸紧盯着我，目光清澈透亮。

“班上最好的学生就是您吗？”

“我叫希尔维·勒巴热，”我说，“您呢？”

“安德蕾·卡拉尔，今年九岁。我看上去是不是有点小？我之前被烧伤过，耽误了长个儿。有一整年我都没有

1 安德蕾的发色和肤色前后文不一致，为保留原著风貌，未作改动。

学习，妈妈想让我把落下的功课补上。您能把去年的课堂笔记借我吗？”

“可以的。”我说。

安德蕾说话时显得成熟稳重，语速很快，毫不含混，这让我感到几分惊讶。她以一种将信将疑的目光打量着我。

“旁边的同学告诉我，您是班里最好的学生”，她边说边侧头看了一眼丽赛特，“这是真的吗？”

“我也不是每次都考第一名。”我谦虚地回答。

我盯着安德蕾：她一头黑发直直地垂落在脸颊旁，下巴上沾了一点墨汁。一个活生生被烧伤过的小女孩，这可不是每天都能遇到的，我真想问她一堆问题，可这时杜布瓦小姐进来了。她穿着长裙，裙摆拖曳在地板上。她长着一层绒绒的“小胡子”，总是一副生机勃勃的模样，我一向很尊敬她。坐定之后，杜布瓦小姐开始点名，点到安德蕾时，她抬头看了她一眼。

“还好吗，我的小姑娘？不害怕吧？”

“老师，我不是扭扭捏捏的女孩，”安德蕾以沉稳的语气回答道，又补充了一句讨喜话，“再说，您这么亲切，一点也不让人害怕啊。”

杜布瓦小姐迟疑片刻，“小胡子”底下露出微笑，继续点名。

放学以一种固定的仪式进行：杜布瓦小姐守在门口，跟每位母亲握手，在每个孩子的额头亲一下。她把手搭在安德蕾的肩膀上，说：

“您从来没上过学吗？”

“从来没有。我一直在家学习，但现在我都这么大了，不适合了。”

“我希望您能沿着您长姐的道路前进。”杜布瓦小姐说。

“噢！我们很不一样，”安德蕾说，“玛璐像爸爸，她喜欢数学，而我更喜欢文学。”

丽赛特用胳膊肘轻推了我一下；要说安德蕾放肆无礼也不恰当，但她说话的语气，确实不像是跟老师说话时该有的语气。

“您知道走读生的自习室在哪儿吗？如果家里人没有及时来接，您应该去那里等着。”杜布瓦小姐说。

“家里没人来接，我自己回去，”安德蕾说，又欢快地加了一句，“妈妈已经跟我说过了。”

“自己回去？”杜布瓦小姐耸了耸肩，“不过，既然您母亲这样说……”

这时轮到我走到杜布瓦小姐面前，她亲了亲我的额头。我跟着安德蕾走到衣帽间，她穿上大衣——款式没有我的特别，但很漂亮：红色的平纹花呢上镶着金色的纽扣。她又不是那种街头少女，她家里人怎么会让她独自放学回家呢？她母亲不知道毒糖果和毒针很危险吗？

“您住在哪儿，安德蕾？”妈妈边问边领着我和两个妹妹下楼。

“格雷奈尔街。”

“是吗！我们陪您一直走到圣日耳曼大街，”妈妈说，“正好顺路。”

“乐意之至，”安德蕾说，“但请您不要特意为我操心。”

她一脸严肃地看着妈妈，说：

“夫人，您可能不知道，我们家有七个兄弟姐妹。妈妈说我们要学会自己照顾自己。”

妈妈点了点头，但显然并不赞同。

一走到外面，我立刻问安德蕾：

"您是怎么被烧伤的？"

"有一次我在篝火上烤土豆，裙子突然着火了，烧到了右边大腿，连骨头都伤到了。"

安德蕾做出一个不耐烦的小动作，显然对这件陈年往事感到厌倦。

"我什么时候能拿到您的笔记？我需要知道你们去年都学了些什么。请告诉我您住在哪里，我今天下午或明天去取。"

我用询问的目光看着妈妈。在卢森堡公园，妈妈不允许我跟那些不认识的小女孩在一起玩。

"这周不行，"妈妈尴尬地回复，"到周六再说。"

"那好，我一直等到周六。"安德蕾说。

我目送她穿过圣日耳曼大街，红色花呢大衣裹着她那小小的身子。虽然身形瘦小，但她走起路来像大人一样从容不迫。

"你雅克叔叔认识一户人家姓卡拉尔，跟拉维涅家联姻，拉维涅是布朗夏尔的表亲。"妈妈似乎浮想联翩起来。我怀疑安德蕾家是不是妈妈说的那一家。正派人家可不会让一个九岁的小女孩在马路上乱跑。

关于卡拉尔家族，我父母或多或少地听人说起过，姓卡拉尔的有好几家，每家又有不同的分支，两个人讨论了很久。妈妈从女老师们那儿打听到一些情况。安德蕾父母跟雅克叔叔认识的卡拉尔一家只有一点模糊的关联，但他们是很好的人。卡拉尔先生毕业于巴黎综合理工学院[1]，在雪铁龙集团担任要职，他还是“多子女家庭父亲联合会”的会长；卡拉尔夫人来自里维埃尔·德·博内伊家族，这是个显赫的激进天主教家族，圣托马斯·阿奎那教区的教友们都很敬重她。也许是了解到我母亲的犹疑态度，接下来的那个周六，卡拉尔夫人来学校接安德蕾放学了。这是一位风姿绰约的女人，有着一双深色的眼睛，戴一条黑色天鹅绒项圈，上面缀着一件古老的首饰。她说我妈妈看上去就像我姐姐一样，还称她为“可爱的夫人”，妈妈立刻对她产生了好感。而我可不太喜欢她的天鹅绒项圈。

卡拉尔夫人亲切地告诉妈妈安德蕾所受的磨难：安德

1　巴黎综合理工学院（Ecole Polytechnique）：创立于 1794 年，隶属于法国国防部，是法国最顶尖的工程师学院。

蕾被烧得皮开肉绽，腿上起了巨大的水疱，用琥珀色的绷带裹着，她一度陷入谵妄状态，但是非常勇敢。一个小男生在嬉闹的时候踢到了她，把伤口踢破了，她极力忍住疼痛，不想喊出声来，最后竟晕过去了。她来我家看我笔记的时候，我对她满怀敬意。她做了些记录，字迹娟秀，字体已然成形。我不由得想到百褶裙下她那肿胀的大腿。我从未遇到过像这样特别的事。我突然觉得自己的人生一片空白，好似什么都没有发生过。

我认识的所有孩子都让我感到厌烦，但安德蕾不一样。课间活动的时候，我们俩一起散步，从一间教室走到另一间，她总能把我逗乐：一会儿形神毕肖地模仿杜布瓦小姐那些突然的动作，一会儿模仿校长汪德鲁小姐柔滑的嗓音。她从她姐姐那儿知晓了一大堆学校的小秘密：这些女老师属于耶稣会，头发边分的是初习修女，发了誓愿之后，头发会改成中分。杜布瓦小姐才三十岁，是她们当中最年轻的一位。她去年参加了中学毕业会考，一些高年级学生在索邦见到了她，她当时红着脸，为自己的裙子感到窘迫。安德蕾的大胆无礼让我有些愤慨，但我觉得她非常有趣，当她即兴表演两位老师的对话时，我帮她演对手戏。她对老师们的夸张模仿惟妙惟肖，上课时看到杜布瓦小姐打开点名册或合上一本书，我们俩经常心照不宣地碰个肘。有一次我甚至捧腹大笑，要不是平时举止端庄、品行良好，老师早就让我站到门外去了。

刚去安德蕾家玩的时候，我惊愕不已：除了她的兄弟姐妹，安德蕾家还有格雷奈尔街她亲戚家的一群小孩和其他玩伴，所有这些孩子追着跑着、喊着唱着，乔装打扮成各种模样，一会儿跳上桌子，一会儿掀翻椅子。有时玛璐会出来干涉一番，她十五岁了，喜欢摆出一副小大人的神气，但她刚一出面，卡拉尔夫人就说："让这些孩子玩吧。"我感到不可思议：孩子们万一在哪儿磕破摔肿，弄脏衣服，打碎盘子，她也居然无所谓。"妈妈从不生气。"安德蕾边说边露出胜利的微笑。黄昏将至，卡拉尔夫人走进被我们蹂躏过的那间房，扶起东倒西歪的椅子，擦一擦安德蕾的额头："你还一头的汗！"安德蕾紧紧贴着母亲，有那么一瞬间，她的脸庞起了微妙的变化。我觉得有些不自在，便扭头不再看她，尴尬中也许还混有几分嫉妒、些许渴望，以及对神秘事物怀有的那种恐惧。

人们告诉我，应平等地爱爸爸妈妈。安德蕾毫不掩饰她爱妈妈甚于爸爸。“爸爸太严肃了。”有一天她平静地告诉我。卡拉尔先生让我感到困惑，因为他跟我爸爸很不一样。我父亲从不去做弥撒，我们跟他说起卢尔德[1]奇迹时，他只是笑笑。我听他说，他只有一个宗教信仰，那就是对法国的爱。父亲不信教，对此我并不感到难为情，就连极为虔诚的妈妈似乎也觉得他很正常。一个像爸爸这样的高等男人，不同于女人和小女孩，他跟上帝一定有着更为复杂的关系。相反，卡拉尔先生每周日都跟全家人一起去领圣体，他蓄着长胡须，戴一副夹鼻眼镜，空闲时忙于慈善事业。在我眼中，他光滑的毛发和基督教美德让他变得女性化，贬低了他的地位。我们只有在极少的场合才能见到他。家中事务都是卡拉尔夫人在操持。我很羡慕她给予安德蕾的那种自由，不过，虽然她总是一团和气地跟我讲话，但在她面前我总感到不太自在。

有时安德蕾对我说：“我玩累了。”我们就去卡拉尔先生的书房坐下，不开灯，这样别人就无法发现我们。我们

1　卢尔德（Lourdes）：法国南部的一座小镇，传说自 1858 年以来，那里的天然水可以治愈疑难杂症，尤其是久治不愈的瘫痪。

天南海北地聊，这真是一种全新的乐趣。平时父母跟我说话，我也跟他们说话，但我们不是在聊天。跟安德蕾是真正的交谈，就像爸爸在晚上跟妈妈的那种交谈一样。安德蕾在烧伤康复阶段读了很多书，令我吃惊的是，她对书里的那些故事似乎信以为真：她讨厌贺拉斯和波利厄克特，欣赏堂吉诃德与西哈诺·德·贝热拉克[1]，仿佛这些人有血有肉地存在过一样。对于历史长河中的人与事，她也有着泾渭分明的立场：她热爱希腊，厌恶罗马；对路易十七及其家族发生的不幸无动于衷，却为拿破仑之死黯然神伤。

她的很多观点都具有颠覆性，但鉴于她尚且年幼，老师们也就原谅她了。“这孩子很有个性。”学校的人这样说她。没过多久，安德蕾便补上了落下的功课，我差点没能超过她的写作成绩。她很光荣地将自己的两篇作文抄写在学校范文本上。她钢琴弹得很好，一下步入中等生行列，她也开始学小提琴。她不喜欢缝纫，但心灵手巧，熬制焦糖、做油酥饼、做松露巧克力球，样样在行。虽体形

1　西哈诺·德·贝热拉克（Cyrano de Bergerac）：1897 年诗剧《西哈诺·德·贝热拉克》的主人公，这部剧作多次被改编成电影，尤以 1990 年版著名，简体中文版译名为《大鼻子情圣》。

娇弱，但她会侧翻筋斗、跨一字，做各种翻转动作。不过，在我眼中，她最大的魅力并不在这些方面，而在于一些我从未真正理解的奇怪特征：当她看见一只桃子或一朵兰花，甚至仅仅听到别人在她面前提到桃子或兰花时，她就会微微颤抖，胳膊上起一层鸡皮疙瘩。在这一刻，个性——她从上天那儿得到的馈赠，以最动人心魄的方式呈现出来，让我惊叹不已。我心里暗想：安德蕾一定是那种神童，将来会有人为她立传。

***

六月中旬，由于敌军轰炸和大贝尔塔巨炮[1]，学校的大部分孩子都离开了巴黎。

卡拉尔一家去了卢尔德，每年他们都去参加一场宏大

1 大贝尔塔巨炮（la grosse Bertha）：“一战”中德军所用的一种巨型加农炮，在法国常特指 1918 年炮击巴黎的传奇巨炮，实际上德军当时用的是另一种炮。

的朝圣之旅。儿子做担架员，大一点的女孩子们和母亲一起在一家济贫院的厨房里洗碗刷盘。我很佩服人们把这些成年人的苦差交给安德蕾，也因此更敬重她了。然而，我父母英雄般的执着让我感到非常自豪：我们留守在巴黎，这就能让我们英勇的前线士兵知道，市民们“顶得住”。我们班只剩下我和一个十二岁的笨蛋，我感觉自己非常了不起。一天早晨，当我来到学校，发现老师和同学们都藏在地窖里，回家后这件事让全家人笑了很久。警报拉响时，我们不会跑到地窖里，楼上的房客们都躲到我家来，睡在门厅沙发上。这些闹哄哄的场景让我感到很愉快。

七月底，我们姐妹三个跟着妈妈去了萨德纳克。祖父想起“七一年围城”[1]，以为我们在巴黎饿得只能吃老鼠。整整两个月，他给我们填喂了大量鸡肉和水果蛋糕。我在那里度过了一段快乐时光。客厅里有个书架，摆满了纸张发黄的旧书。最上面搁着禁书，底下几层我可以随意翻阅。我有时自己看书，有时跟妹妹们嬉闹一番，有时出去

1　指 1871 年普鲁士军队包围巴黎。

散步。那个夏天我经常散步。还记得我穿过栗树林，手指被蕨草划伤；走过低凹的小道，沿途采摘忍冬和卫矛；我尝过黑莓、野草莓、山茱萸和酸溜溜的刺蘗浆果；迎面袭来正在扬花期的黑麦气息，我趴在地上，忽然闻到隐隐约约的欧石楠香气。然后我来到一片开阔的草地，坐在白杨树下翻开一本费尼莫尔·库柏[1]的小说。风吹过头顶，树叶窃窃私语。风声让我激动：从地球的一头到另一头，树木之间在互相交谈，它们也在跟上帝言语。这是一种音乐，也是一种祈祷，在飘上云霄之前穿过了我的心灵。

我的乐趣多不胜数，但是很难一一讲述。我只给安德蕾寄了几张言简意赅的明信片，她也很少给我写信。她那时在朗德，在她外祖母家。她在那儿骑马，过得很快乐，直到十月中旬才回到巴黎。我不怎么想她。假期中，我几乎从来不想念巴黎的生活。

跟白杨树告别时，我流了几滴眼泪：我变老了，变得多愁善感了。但上了火车之后，我想起来自己是多么喜欢

1 詹姆斯·费尼莫尔·库柏（James Fenimore Cooper，1789—1851）：美国民族文学的奠基人之一，代表作《皮袜子故事集》等对美国的西部小说产生了很大影响。

开学。爸爸在火车站的站台上等我们，他穿着一身天蓝色的制服，告诉我们战争就要结束了。新课本似乎比往年的都要新：比往年的更厚、更漂亮，翻起来哗啦作响，散发出一股迷人的香味。卢森堡公园弥漫着落叶和草地被焚烧过的动人气息。老师们热情地拥抱了我，对我的假期作业大加赞赏。可为什么我觉得那么难过呢？夜幕降临，用过晚餐之后，我在门厅看书或在本子上写一些小故事。妹妹们都睡着了，走廊尽头，爸爸读书给妈妈听：这是一天中最美妙的时刻之一。我躺在红色地毯上，呆呆的什么都不想做。我看着家里的诺曼底式衣柜和雕花木制座钟，钟腹包裹着两颗铜松果和黑漆漆的时间。墙上张着暖气口：透过金色的网洞，我们能闻到一股从深渊里飘上来的令人作呕的温热空气的味道。环绕我的黑暗和这些无声无息的物品突然让我感到恐惧。我听到爸爸的声音，我知道他读的是哪本书：戈比诺伯爵[1]的《人种不平等论》。去年，他读的是泰纳的《当代法国的起源》。明年，他会读一本新书，

1 戈比诺伯爵（Comte de Gobineau，1816—1882）：法国外交官、作家、人种学家，倡导种族决定论，对后来西欧的种族主义思想产生了巨大影响。

而我还会在这儿，在衣柜和座钟之间。就这样度过多少年？多少个夜晚？活着不过如此：一天天打发时间。我要这样无聊至死吗？我想我在怀念萨德纳克。睡前我又为白杨树奉献了几滴眼泪。

两天后，我忽然明白了真相。我走进圣卡特琳娜教室，安德蕾朝我微笑，我也笑了，朝她伸手。

“您回来多久了？”

“昨晚才回来的，”安德蕾狡黠地看了我一眼，“开学那天您一定在吧？”

“是的，”我说，“您假期过得好吗？”我又问她。

“过得很好，您呢？”

“过得很好。”

我们彼此寒暄着，就像大人们一样。但是我且惊且喜地发现，我内心的空虚、每天的无聊乏味只有一个根源：安德蕾不在。要是没有她，活着就不再是活着了。维尔纳芙小姐坐到扶手椅上，我心里不断默念着：“要是没有安德蕾，我就活不下去了。”快乐变成了焦虑，我心想：如果她死了我可怎么办呢？真到那个时候，我还是会坐在这张凳子上，校长进来，以严肃的口吻说：“让我们一起祈祷吧，孩子们，你们的小伙伴安德蕾·卡拉尔昨夜被上帝召回了。”啊！我暗下决心：这很简单，我从凳子上滑倒，一头摔在地上，我也死了。想到这儿，我并不感到害怕，因为我们会立刻在天堂门口团聚。

十一月十一日停战，举国欢庆，人们在大街上互相拥抱。在过去的四年，我不停祈祷，愿这伟大的一天早日到来。怀着一些朦胧的回忆，我期待停战之后生活发生意想不到的变化。爸爸脱下军装，重新穿起了普通人的衣服，除此之外什么都没有发生。他反复说布尔什维克掠走了他的一部分资产。这些遥远的“布尔什维克”听起来像是“德国鬼子”[1]，他们似乎具有可怕的力量。再说福煦元帅[2]被玩弄了，停战协定本应该在柏林签署。爸爸对未来很不乐观，不敢重开他的事务所。他在一家保险公司找了份工作，但宣布全家要缩减开支。妈妈解雇了艾莉莎，包揽了所有家务，不过艾莉莎本身就行为不检点，她夜里和

1　布尔什维克（les bolcheviks）和德国鬼子（les Boches）在法语中发音接近。

2　福煦元帅（Ferdinand Foch，1851—1929）：在第一次世界大战中历任第九集团军总司令、法军副总司令、法军总参谋长、协约国最高军事委员会执委会主席、协约国军队总司令，指挥军队对德国发起总攻，迫使德国投降。

消防员们出去厮混。到了晚上，妈妈情绪低落，脸色很不好看，爸爸也是。妹妹们时常哭哭啼啼。我倒是什么都无所谓，因为我有安德蕾。

安德蕾渐渐长高，长结实了。我不再总想着她会死掉，但我面临另外一种威胁：校方并不看好我俩之间的友情。安德蕾是位优秀的学生，我之所以保持第一名的位置，只是因为她不屑于拿第一。我欣赏她的自由洒脱，却无法模仿。然而，她不再招老师们喜欢。这些女老师认为安德蕾爱唱反调、爱挖苦讽刺人、骄傲自大，指责她性情乖戾，但是她们从来没能当场逮住她冒失无礼的行为，因为安德蕾小心翼翼地跟她们保持着距离，然而这一点恰恰更激怒了她们。钢琴汇报演出那天，她们占了上风。庆典大厅里人头攒动：前面几排坐着当天要演出的学生，她们一个个穿着自己最美的裙子，鬈发上别着蝴蝶结；在她们身后坐着老师和学监，她们都穿着丝绸上衣，戴着白手套；最后面几排是家长和各家邀请的宾客。安德蕾穿着一身蓝色塔夫绸连衣裙。她妈妈认为她演奏的那一曲太难了，平日里总有几个小节会被她弹得面目全非。当她弹奏最棘手的片段时，投向她的那些或多或少不怀好意的目光，我都感觉到了，不禁为她捏一把汗。演奏没有出丝毫差错，于是她以胜利的眼神望向母亲，还对她吐了一下舌头。所有的小女孩都顶着一头鬈发微微颤抖；母亲们惊骇之下不断咳嗽；老师们交换着眼神，校长则涨红了脸。安德蕾下台后直奔母亲怀里，卡拉尔夫人一边搂着她一边朗朗地笑着，见此情景，汪德鲁小姐都不敢责骂她了。但没过几天，汪德鲁小姐就向我妈妈抱怨说，安德蕾对我施加了不良影响：我们在课上讲话，我上课傻笑、走神。她说让我们上课的时候不要坐在一起，整整一个星期我都焦虑不安。卡拉尔夫人一向喜欢我学习时的认真劲儿，轻松说服了我妈妈不干涉我俩。我妈妈有三个女儿，卡拉尔夫人有六个，对学校来说是绝佳客户，而且卡拉尔夫人很善于周旋，所以我们最终继续肩并肩坐在一起，还跟从前一样。

如果我们真的被分开，安德蕾会伤心吗？肯定没有我那么伤心。我们俩被叫作“形影不离的两个人”，在所有同学中她最喜欢的是我。但我觉得她对母亲用情之深足以让她的其他感情黯然失色。她的家人在她心中分量很重：她耐心陪伴一对双胞胎妹妹，逗她们玩，给这两躯难分彼此的肉体洗澡穿衣。她们的“咿咿呀呀”声和不太分明的动作与表情，她都能解读出其中的含义。她满怀爱意地哄着她们。此外，音乐也在她生命中占据着重要地位。当她在钢琴前坐定，当她把小提琴放在肩颈处，聚精会神地倾听自己指尖流淌出的音乐，我似乎听到她在自言自语——相对于她内心深处隐秘进行的这种绵长的自我对话，我和她平日里的聊天显得极为幼稚。在安德蕾拉小提琴时，卡拉尔夫人会为她用钢琴伴奏，她钢琴弹得很好，每当这时，我就觉得自己完全是个局外人。对于我们之间的友谊，安德蕾不像我那么看重，不过我实在太欣赏她，也就不为此烦恼了。

第二年我们举家搬出蒙帕纳斯大街的公寓，住进卡塞特路一处逼仄的小屋，从此我在家里没有一寸属于自己的地方。安德蕾邀请我去她家学习，只要我想去，她随时欢迎。每次我走进她的房间总是感动不已，简直有种在胸前画十字的冲动。在床的上方有一个带有圣枝的十字架，床对面有一幅达·芬奇的圣母像。壁炉上方挂着一幅卡拉尔夫人的肖像、一张贝塔里城堡的照片。架子上摆着安德蕾的私人读物：《堂吉诃德》《格列佛游记》《欧也妮·葛朗台》，还有《特里斯丹和伊瑟》[1]，这本小说的许多片段她都熟记于心。一般而言，她喜欢现实主义或讽刺性作品，却对这部爱情史诗如此偏爱，这让我十分不解。我焦急地询问安德蕾四周墙面上的和她身边的各种物品。我想知道，当她的琴弓徜徉在琴弦上时，她心里在想些什么；想知道她心里有那么多情感寄托、平时那么忙碌、怀有那么多天赋，却为什么经常带有一副恍惚、在我看来是忧伤的表情。她非常虔诚。我去教堂祈祷时，有时会撞见她跪在祭台前，双手捧着脑袋，有时见她在十四站苦路[2]中的某一站前张开双臂。她打算日后做修女吗？但是她如此热爱自由，珍视尘世间的幸福。当她跟我聊起假期生活时，她两眼闪闪发光。她曾在松树林里策马奔驰，被低处的枝丫刮伤了脸，她也曾在池塘静水和阿杜尔河的流水中游泳。当她对

---

1 《特里斯丹和伊瑟》：法文名为 Tristan et Yseult（Yseut，Iseult，Iseut），这是 12 世纪时流传的一个悲剧爱情故事，来源于凯尔特人的传说，后影响力逐渐扩大，并衍生出了不同的版本。故事讲述的是康沃尔郡骑士特里斯丹与爱尔兰公主伊瑟因误食爱药陷入炽热的婚外恋，象征一种命中注定却被禁止的爱情，自 12 世纪以来在西方文学史和艺术史中产生了极大影响。

2 苦路（chemin de croix）：直译为“十字架之路”，天主教教堂内悬挂或摆设的图像上描绘了耶稣身背十字架，走向加尔瓦略山途中所经历的事迹。耶稣途中停顿了十四次，人们把这十四次称为十四站。

着笔记本发呆、眼神涣散的时候，脑海里想的是那一片乐土吗？有一天她察觉到我在盯着她看，便尴尬地笑起来。

“您是不是觉得我在浪费时间？”

“我吗？完全没有的事！”

安德蕾以一种略带讥讽的表情打量着我。

“您难道从来没有幻想过一些事情吗？”

“从来没有。”我谦卑地说。

我有什么需要幻想的呢？我那么喜欢安德蕾，而她就在我身边。

我不做白日梦，我功课总是完成得很好，我对一切都兴致勃勃。安德蕾有点嘲笑我，她多多少少嘲笑所有人。我愉悦地接受她的各种嘲笑。然而有一次，她深深地刺痛了我。那一年不同于往常，我是在萨德纳克过的复活节。我发现了春天的魅力，为之惊叹不已。坐在花园里的一张桌旁，对着白纸，我花了整整两个小时向安德蕾描述新草萌发、九轮草和报春花夹杂其中的场景，还写了紫藤花的香气、蓝天和我的灵魂震撼。她没有回复我。后来在学校衣帽间见到她，我以责备的语气问她：

“为什么没有给我回信？您没有收到我的信吗？”

“收到了。”她说。

“那您就是个可恶的懒虫！”我说。

安德蕾笑了。

“我以为您错给我寄了一份假期作业……”

我感觉脸涨得通红。

“作业？”

“好了，您不可能洋洋洒洒写这一大篇文字，就为了我一个人！”安德蕾说，“我敢肯定，这是一篇作文的草稿，题目应该是《描写春天》。”

“才不是，”我说，“也许写得乱七八糟的，但这封信完全是为您一个人写的。”

这时，布拉尔家爱打听又爱嚼舌的小姐妹凑过来，我们的谈话就此打住。但在课上做拉丁文练习时，我的脑袋乱作一团。安德蕾觉得我的信滑稽可笑，伤了我的心。尤其是，她想不到我多么需要跟她分享一切，这是最让我感到痛苦的地方：我才意识到，她完全没有体会到我对她怀有的感情。

放学时我们一起出来。妈妈已经不再来接我了，平时我都是和安德蕾一起走。她突然挽住我的胳膊，这是个大胆的动作，往常我们总是保持距离。

“希尔维，之前跟您说了那些话，我感觉很抱歉，”她激动地说，“我纯粹不怀好意，我当然知道您的信不是假期作业。”

“我想那封信写得很滑稽。”我说。

“一点也不！其实，收到信的那天我情绪很差，而您在信中是那么欢快！”

“您那天为什么情绪低落？”

她沉默了一会儿说：

“就是这样，不为什么；因为一切。”

她有些犹豫。

“做孩子我真是做够了，”她突然说，“您不觉得这没完没了吗？”

我惊讶地看着她。安德蕾比我更自由；而我，虽然家里气氛并不愉快，但我丝毫不想变老。一想到自己已经十三岁了，我就感到一阵恐慌。

“我不这么觉得，”我说，“大人们的生活看起来很无聊，每天都过得一模一样，也不再学任何东西了……”

“啊！生命中重要的不仅有学习。”安德蕾不耐烦地说。

我本想反驳："不仅有学习，还有您。"但我们已经开始聊其他话题了。我闷闷不乐地想：在书里，人们无所顾忌地说出自己的爱恨，敢把内心的一切倾诉出来，为什么在生活中做不到？我愿意不吃不喝走上两天两夜，只为了见她一个钟头，减轻一点她的痛苦，可是她对我的心思一无所知！

此后好几天，我忧伤地反复咀嚼着这些想法，突然灵光一现：我要给安德蕾准备一份生日礼物。

父母们是难以捉摸的；通常妈妈不假思索地认定我提出的想法荒诞不经，送礼物的这个点子她却同意了。我决定按照《实用潮流》杂志里的一款样式做一个超级奢华的手提包。我选了一块嵌着金丝的红蓝色丝绸，厚实的绸缎在阳光下金光闪烁，美得像是童话里的一般。我先用草绳编了一个模子，就着模子把包缝好。虽然我平时讨厌缝纫，但做包时全身心投入其中，完工之后发现这个小包确实光彩夺目——樱桃红色的光滑内衬，还有精致的夹层。我把它用雪梨纸包住，放在一个纸盒里，再用一根细缎带将纸盒扎起来。安德蕾十三岁生日那天，妈妈带着我参加了她的生日会。我们到达时已经来了不少人，我羞怯地将纸盒递给安德蕾。

“这是给您的生日礼物。”我说。

她吃惊地看着我，我补充道：

“这是我亲手做的。”

她打开这熠熠生辉的小盒子，脸颊上升起两抹红晕：

“希尔维！这也太美了！您真是太好了！”

我觉得要是我们俩的母亲不在，她可能会拥抱我。

“也要谢谢勒巴热夫人，”卡拉尔夫人和蔼地说，“因为肯定是她花了很多心思……”

“谢谢您，夫人。”安德蕾简短地说。然后她又对着我微笑，脸上写满了感动。妈妈微弱地辩称不是她做的，我觉得胃里一阵痉挛。这时我才意识到：卡拉尔夫人不再喜欢我了。

***

而今回忆往事，我不得不佩服这位警觉的女性敏锐的洞察力。实际上，我当时正在发生改变：我开始觉得那些女老师愚不可及，故意问她们一些尴尬的问题，对她们的教导我经常忤逆不从，满不在乎地接受她们对我的批评。妈妈有点责怪我，而爸爸每次听我讲跟老师们的纠纷都会笑起来，他的笑声让我无所顾虑。另外我也想象不出，上帝会因为我那些小过失而受到冒犯。在向神父忏悔时，我丝毫不为自己那些孩子气的举动而烦心。每周我要领几次圣体，多米尼克神父在神秘冥想的道路上鼓励着我，而我的世俗生活跟这神圣经历毫无关联。我为之自责的方面主要在于灵魂状态：我失去了宗教热忱，将上帝的存在遗忘了很久，祈祷的时候心不在焉，想到自己时过于自得。我刚把这些缺点罗列完毕，就听到告解室的小窗里传来多米尼克神父的声音：

"就这些吗？"

我愣住了。

"有人告诉我小希尔维和从前不一样了，"神父说，"她似乎变得不守纪律、不听话、有点放肆。"

我的脸跟着了火一样，一句话也说不出来。

"从今天起，要留意自己的言行举止，"神父说，"我们日后再聊。"

多米尼克神父赦免了我的罪，我离开告解室时，血直往脑门上冲，忏悔都没有做就逃出了教堂。当时我内心受到的震动要超过有一天在地铁里，一个男人掀开他的大衣对我露出一截粉红色的东西。

八年间，我跪在多米尼克神父面前就像跪在上帝面前一样；其实，他只不过是个爱嚼舌根的老头，他跟女老师们聊天，拿她们的闲言碎语当真。真是耻辱，我居然对这样一个人敞开心扉，他背叛了我。从此以后，每当在过道里看到他的黑袍，我就会红着脸跑开。

这一年年底和第二年，我都对着圣叙尔比斯教堂的副神父们忏悔，经常变换忏悔对象。我继续做祈祷和冥想，但在假期中突然开悟了。我还是很喜欢萨德纳克，还跟从前一样经常散步，可现在我觉得树篱中的黑莓和榛果很无趣，我想要喝大戟的乳液[1]，咬那些色如铅丹、谜一般被叫作“所罗门印章”[2]的有毒浆果。我做了好多违禁之事：在两餐之间吃苹果，从书架最上面几排偷偷

1　大戟科植物的白色汁液一般都有毒。

2　所罗门印章（Sceau de Salomon）：指的是黄精。

取走大仲马的小说；跟一位佃农的女儿讨论孩子是怎么生出来的，对于这一神秘主题增长了不少知识；夜里，躺在床上，对自己讲一些有趣的故事自娱自乐。一个夜晚，躺在湿漉漉的草地上，面对一轮皎月，我想："这些都是罪过！"然而我打定主意继续随心所欲地吃喝、读书、说话、做梦。"我不信上帝！"我心想。如何一边信上帝一边故意违背他呢？我惊愕地面对这一明显的事实：我不信上帝。

爸爸和我欣赏的那些作家都不信上帝。也许，没有上帝的世界是无法解释的，但是上帝也解释不了太多东西。总而言之，我们对世界无法理解。我轻松适应了自己的新状态。然而回到巴黎时，我不由得感到惊慌。一个人无法不去想他所想的东西，爸爸从前说要枪毙那些失败主义者，而那些人只不过想了一些不该想的东西。此外，在一年前，一位高年级学生被开除，据说是因为她失去了宗教信仰。我必须小心翼翼地隐瞒我这不幸的变化。想到安德蕾可能疑心我的信仰出了问题，午夜时分我一身冷汗地从梦中惊醒。

幸运的是，我们从来不谈论性与宗教，有太多其他问题要操心。我们一起学习法国大革命，我们都很喜欢卡米耶·德穆兰[1]、罗兰夫人[2]，乃至丹东[3]。我们滔滔不绝地讨论正义、平等、所有权问题。关于这些话题，我们丝毫没有把老师们的看法放在心上，也不再听从家长的意见。我父亲喜欢阅读《法国行动报》[4]；卡拉尔先生更倾向民主，青年时期他对马克·桑尼耶[5]很感兴趣。但他已不再年轻，他告诉安德蕾，太过极端的社会主义，可能导致由底层主导的均等化，以及精神价值的衰退。我们没有被说服，但是对他的某些论断感到不安。我们试着跟玛璐的朋友们、更年长的女孩子们探讨这一类话题，她们应该比我们了解得更多。可她们跟卡拉尔先生持相同立场，而且对这些问

1 卡米耶·德穆兰（Camille Desmoulins，1760—1794）：法国记者、政治家，在法国大革命中扮演重要角色。

2 罗兰夫人（Madame Roland，1754—1793）：法国大革命期间的重要政治人物，吉伦特党领导人之一。

3 丹东（Georges-Jacques Danton，1759—1794）：法国大革命期间的重要政治人物，雅各宾派领导人之一。

4 《法国行动报》（*L'Action française*）：20世纪上半叶法国极右派政治运动“法国行动”出版的报纸，立场保守，主张恢复君主制。

5 马克·桑尼耶（Marc Sangnier，1873—1950）：法国记者、政治人物，天主教社会主义运动的发动者。

题不太关心。她们更愿意笨拙地谈论音乐、美术和文学。玛璐在家接待朋友的时候，经常要求我们端茶送水，但她感觉到我们对她的客人们没有什么好感，便企图报复安德蕾，故意贬损她。一天下午，伊莎贝尔·巴利耶将话题引向爱情小说，她一厢情愿地爱上了自己已婚且有三个孩子的钢琴老师。玛璐、吉特表姐、高斯兰姐妹轮流说出了自己喜欢的作品。

“你呢，安德蕾？”伊莎贝尔问。

“我觉得爱情小说很无聊。”安德蕾以毋庸置疑的口吻说道。

“得了吧！”玛璐说，“谁都知道你能把《特里斯丹和伊瑟》背下来。”

她接着说自己不喜欢这个故事，伊莎贝尔喜欢。她漫不经心地声称这部柏拉图式的爱情史诗很感人。安德蕾笑出了声。

“柏拉图式的，特里斯丹和伊瑟之间的爱情！”她说，“不，完全不是柏拉图式的。”

众人都沉默不语，气氛有些尴尬。吉特生硬地说：

“小女孩不该谈论自己不了解的东西。”

安德蕾又笑了，没接话。我困惑不解地看着她。她那句话究竟是什么意思？我只能想象出一种爱：我对她的爱。

“可怜的伊莎贝尔！”我们一走进安德蕾的房间，她便这样说道，“她得忘掉她的特里斯丹，她几乎被许给了一个秃子，那个人奇丑无比。”她冷笑着，“我希望她相信圣事中的一见钟情。”

“那是什么？”

“我姨妈露易丝，也就是吉特的母亲，她说当未婚夫和未婚妻在婚礼上说‘我愿意’的那一刻，彼此之间会一见钟情。您知道，这个理论对母亲们来说很方便，有了它之后就不必再操心女儿们的情感世界了，反正需要的东西上帝会给。”

“这样的理论没有人会当真的。”我说。

“吉特可信着呢。”

安德蕾沉默了一会儿说：

“当然，我妈不至于那样，”她接着说，“但是她说，一旦结了婚就会得到上帝的恩宠。”

她瞄了一眼母亲的肖像。

“妈妈从前和爸爸过得很幸福，”她犹豫地说，“可是，如果外祖母没有施加压力的话，她不会嫁给爸爸。她拒绝了爸爸两次。”

我看着卡拉尔夫人的肖像，想到她也曾有着一颗少女心，不禁感到好笑。

“她拒绝了！”

“是的。她觉得爸爸太乏味了。爸爸很爱她，没有打退堂鼓。订婚之后，她也开始爱爸爸了。”安德蕾漫不经心地补充道。

我们俩都沉默下来，各自在心里琢磨。

“从早到晚和一个自己不爱的人生活在一起应该不太快乐。”我说。

“应该很恐怖。”安德蕾说。

她开始微微颤抖，仿佛看见兰花一样，胳膊上起了一层鸡皮疙瘩。

“教理书上说我们应该尊重自己的身体，那么在婚姻中卖身和在外面卖身一样，都是罪恶的。”她说。

“又不是非要结婚。”我说。

“我会结婚的，”安德蕾说，“但不会早于二十二岁。”

她突然把拉丁文文集放到桌上。

“我们来学习吧？”她说。

我坐到她身边，和她一起全神贯注地翻译特拉西梅诺湖战役。

我们再也没有去给玛璐的朋友们端茶送水。我们所关心的那些问题，只能依靠自己来解答。那一年是我俩充分交流探索的一年。虽然我心里有个小秘密没有跟她分享，但那一年我们之间的亲密程度远超往昔。我们获准一起去奥德翁剧场看古典戏剧。我们一起发现了浪漫主义文学：我热爱雨果，安德蕾更喜欢缪塞[1]，我俩都很欣赏维尼[2]。我们开始给自己规划未来。我决定高中毕业会考之后继续上学；安德蕾也希望家里人能允许她在索邦上课。期末的时候，我迎来了童年时代最大的幸福：卡拉尔夫人出乎意料地邀请我去贝塔里度假两周，妈妈同意了。

我以为安德蕾会在车站等我，结果下车时惊讶地看到

1　阿尔弗雷德·德·缪塞（Alfred de Musset，1810—1857）：法国浪漫主义诗人，也创作戏剧和小说，与女作家乔治·桑有过一段轰轰烈烈的恋情。

2　阿尔弗雷德·德·维尼（Alfred de Vigny，1797—1863）：法国浪漫主义诗人，作品带着浓厚的哲思意味。

了卡拉尔夫人。她穿着一件黑白相间的连衣裙，头戴一顶小雏菊装点的黑色草帽，一根白色缎带绕颈。她过来吻我的额头，但嘴唇并没有真正贴上去。

“旅途顺利吗，我的小希尔维？”

“很顺利，夫人，但我担心被煤烟熏到了。”我说。

在卡拉尔夫人面前，我总是隐隐约约觉得自己有错。我手是脏的，可能脸上也是脏兮兮的，但她似乎不在意。她看上去心不在焉。她机械地朝工作人员微微一笑，便走向一辆英式马车，拉车的是一匹枣红色的马。她解开缠在木桩上的缰绳，敏捷地登上车厢。

“上来吧。”

我坐到她身边。她戴着手套，缰绳在她手里舞动。

“我想在您见到安德蕾之前跟您聊一聊。”她说，并未看我一眼。

我浑身僵直。她要给我什么劝告吗？她是不是已经猜到我不信上帝了？如果是的话，为什么要邀请我呢？

“安德蕾有点烦心事，需要您来帮帮我。”

我笨拙地重复了一遍：

“安德蕾有点烦心事？”

卡拉尔夫人突然像跟大人说话一样地跟我说话，我一时之间无所适从，感觉怪怪的。她拉紧缰绳，打了个响舌，马开始小步往前跑。

“安德蕾从来没跟您说起过她的男朋友贝尔纳吗？”

“没有。”

马车跑进一条尘土飞扬的路，路两旁长着刺槐树。卡拉尔夫人沉默不语。

“贝尔纳的父亲有一块产业，紧挨着我母亲的庄园，”她终于开口讲道，“他们属于一个巴斯克家族，在阿根廷发家致富。贝尔纳的父亲绝大多数时间生活在阿根廷，妻子和其他几个孩子也是。但是贝尔纳体质虚弱，受不了那边的气候，所以他整个童年时期都是在这里度过的，一位上了年纪的婶婶和几位家庭教师照顾着他。”

卡拉尔夫人扭头对着我说：

“您知道，那次事故之后，安德蕾在贝塔里待了一年，躺在平板床上。贝尔纳每天都过来跟她玩。她孤零零的，忍受着伤痛，又很无聊，而且在他们这个年龄，没什么大不了的事。”她以一种辩白的口吻说着，这让我感到有些困惑。

“安德蕾没跟我说过。”我说。

我的喉咙发紧。我想跳下马车逃走，就像那天我逃离告解室，逃离多米尼克神父那样。

“他们每年夏天都会重聚，一起骑马。他们都还只是孩子，只是都长大了。”

卡拉尔夫人和我四目相对。她的眼神里带有一抹哀求的色彩。

“您看，希尔维，贝尔纳和安德蕾绝不可能结婚。贝尔纳的父亲和我一样反对。所以，我只能禁止安德蕾再见他。”

我胡乱应了一句：

“我明白。”

“她对这件事非常生气。”卡拉尔夫人说。

她重新以怀疑和祈求的目光看着我。

“拜托您了。”

“我能做些什么呢？”我问。

一些词句从我嘴里飘出来，但是没有任何含义，飘进耳里的，我也听不懂。我的脑袋里充斥着喧嚣与黑暗。

“哄她开心，说些她感兴趣的事。如果有机会的话，跟她讲讲道理。我担心她会病倒。我在这时候没办法跟她说什么。”卡拉尔夫人补充道。

她看上去焦虑不安，活在痛苦之中，但我并没有感动；相反，那一刻我很厌恶她。我嗫嚅道：

“我试试看。”

马车疾驰在一条大道上，道路两旁栽种着美洲橡树。车最终停在一座高大的城堡前，城堡的外墙爬满了野葡萄藤。我在安德蕾的壁炉上见过这座城堡的照片。现在我总算明白了她为什么喜欢贝塔里，爱在这里骑马，我也知道了每当她眼神涣散的时候在想什么。

“希尔维！”

安德蕾笑盈盈地从台阶上走下来。她穿着一件有蓝色衣领的白色连衣裙，一头短发仿佛头盔一样闪闪发光。她看上去像个真正的少女，我突然觉得她很美：这是个不合适的想法，美貌一向不是我们特别看重的价值。

“希尔维可能想要稍微梳洗一下，之后你们就下来用晚餐。”卡拉尔夫人说。

我跟在安德蕾身后穿过一个衣帽间，屋子里散发出焦糖奶油、新鲜蜂蜡和旧粮仓的味道。斑鸠咕咕地叫着。有人在弹钢琴。我们上了二楼，安德蕾推开一扇门。

“妈妈安排您住在我的房间里。”她说。

房间里摆着一张大床，螺旋形床柱上支着帷帐。房间另一头有一张窄小的沙发。要是一小时前我知道自己要住在安德蕾的房间里，该多么高兴啊！但我现在心情沉重：卡拉尔夫人想利用我做什么？求得安德蕾原谅？陪安德蕾散散心？看住安德蕾？她究竟在怕什么呢？

安德蕾走到窗前。

“天气晴好的时候能看到比利牛斯山。”她无动于衷地说。

夜幕降临，天色昏暗。我洗了把脸，重新把头发梳好，漫不经心地说着来时的情景：这是我第一次一个人坐火车，真是一场冒险。除此之外，我找不出其他话可讲了。

“您该把长发剪了。”安德蕾说。

“妈妈不同意。”我说。

妈妈觉得短发看上去没有教养，让我在后脑勺盘了一个毫不起眼的发髻。

“我们下楼吧，我带您看看书房。”安德蕾说。

屋子里仍然能听到钢琴声，还有孩子们的歌声。各种声响交织在一起：餐具的碰擦声、脚步声。我走进书房，看见《两个世界》[1]杂志从第一期开始的整套收藏、路易·弗约[2]和蒙塔朗贝尔[3]的作品、拉科代尔[4]的布道、德曼伯爵[5]的演说、约瑟夫·德·迈斯特[6]作品全集。在一张张小圆桌上摆放着一些男性肖像，都留着络腮胡子，年龄大的蓄着长须。这些都是安德蕾的祖先，也都是激进的天主教徒。

这些先人虽然已经逝去，但这里似乎是他们的领地，在这群严肃的先生中间，安德蕾显得时空错位，她看上去

---

1 《两个世界》杂志（*La Revue des Deux Mondes*）：创刊于 1829 年的文学月刊，在 19 世纪曾是浪漫派作家发表作品的重要渠道。

2 路易·弗约（Louis Veuillot，1813—1883）：法国记者、作家，教皇绝对权主义的倡导者。

3 蒙塔朗贝尔（Charles de Montalembert，1810—1870）：法国记者、历史学家和政治人物，天主教自由运动的理论家之一。

4 拉科代尔（Henri Lacordaire，1802—1861）多明我会修士，参与天主教自由运动，倡导政教分离和民主改革，1860 年当选为法兰西学院院士。

5 德曼伯爵（comte de Mun，1841—1914）：社会天主教创始人、基督教合作主义的重要理论家。

6 约瑟夫·德·迈斯特（Joseph de Maistre，1753—1821）：法国保守主义思想家，拥护君主制和教会，反对大革命。

太年轻、太羸弱，尤其是太活泼了。

钟声响起，我们走向餐厅。好多人！除了外祖母，其他人我都认识，在她的白色束发带下有一张经典的祖母脸，没有给我留下什么特别印象。大哥穿着长袍，他刚进神学院，玛璐、卡拉尔先生和他三个人在讨论妇女选举权问题，看上去已经讨论多时。是的，一位家庭主妇拥有的权利还没有一位酗酒的劳工多，这真是太不合理了，但是卡拉尔先生反驳说，在工人当中，女性比男性更加革命，如果法律通过的话，就会服务于教会的敌人。安德蕾一言不发。在桌子的尽头，双胞胎姐妹把面包搓成小丸子，扔来扔去。卡拉尔夫人微笑着看着她们，不管不问。我第一次清醒地意识到，在这微笑背后隐藏着一个陷阱。从前我经常羡慕安德蕾享有的独立，突然之间，我觉得她没有我自由。在她身后有这段历史，在她周围有这座大宅、有这样一个大家族：一间牢狱，出路有人仔细把守。

“怎么样？您对我们怎么看？”玛璐不客气地说。

“我吗？没什么呀，怎么了？”

“您刚才扫了一眼整张桌子，您心里一定在想什么。”

“我在想人挺多的，没别的了。”我说。

我心想应该注意自己的面部表情。

用完餐，卡拉尔夫人对安德蕾说：

“你该带希尔维去花园里转转。”

“好的。”安德蕾说。

“穿上外套，夜里有点凉。”

安德蕾在门厅取下两件呢绒斗篷。斑鸠们都已沉睡。我们往后门走去，穿过后门是一些附属建筑。在工具棚和柴房之间，一条狼狗扯着自己的锁链，哼哼唧唧地呻吟着。安德蕾走到狗窝前。

“来吧，我可怜的米尔扎，我带你四处走走。”她说。

她解开锁链，狼狗快活地一跃而起，奔跑着冲到我们前面去了。

“您觉得动物有灵魂吗？”安德蕾问我。

“我不知道。”

“如果没有的话，这太不公平了！动物和人一样不幸，它们却不明白为什么，”安德蕾接着说，“不明白为什么不幸，这是一种更大的不幸。”

我无言以对。我是如此期盼这个夜晚，心想我终于进入了安德蕾生活的中心，可是，她从未离我如此遥远：自从她心中的秘密有了一个姓名，安德蕾就不再是我从前认识的安德蕾了。我们默默地沿着一条条小径往前走，道路没有精心打理过，锦葵和矢车菊点缀其中。花园里绿树浓荫，各种鲜花争奇斗艳。

“我们坐这儿吧。”安德蕾边说边指着雪松下的一张长椅说。她从包里掏出一盒香烟。

“您不要吗？”

“我不要，”我说，“您什么时候开始抽烟的？”

“妈妈不允许我抽烟，但是一旦开始叛逆……”

她点着一支烟，烟雾袅袅地环绕在她眼前。我鼓足勇气问：

“安德蕾，究竟发生了什么事？告诉我吧。”

“我以为妈妈已经告诉过您了，”安德蕾说，“她坚持要去接您过来……”

“她跟我讲了您的朋友贝尔纳，您从来没跟我说起过他。”

“我没办法讲他，”安德蕾说，她的左手一张一缩像是在痉挛着，“现在这件事尽人皆知了。”

“您要是不愿意，我们就不去说它了。”我激动地说。

安德蕾看着我。

“您呢，和别人不一样，我很愿意告诉您。”她猛吸了一口烟，“妈妈跟您说了些什么？”

“她告诉我您是怎么跟贝尔纳成为朋友的，也说了禁止您再见他。”

“禁止我再见他。”说着，她把香烟扔到地上，用脚后跟踩了几下。

“我到的那天晚上，吃过饭去跟贝尔纳散步，回来晚了。妈妈在等我，我一眼就看出她脸色不对。她问了我一连串的问题，”安德蕾耸了耸肩，恼怒地说，“她问我有没有接吻！我们当然接吻了！我们相爱呀！”

我低下头。安德蕾活在不幸当中，这个念头让我感到难以忍受。但她的不幸于我如此陌生：彼此之间会接吻的爱是什么样子的，我并不了解。

“妈妈对我说了一些可怕的东西。”安德蕾说。她把呢绒斗篷紧紧裹在身上。

“为什么呢？”

“贝尔纳的父母比我们富裕很多，但不属于我们的阶层，完全不属于。他们在那边——里约热内卢，似乎过着一种古怪的生活，很放浪的生活。”安德蕾带着清教徒式的表情说。她又小声补充了一句：“贝尔纳的母亲是犹太教徒。”

我看着米尔扎，它趴在草地上纹丝不动，两耳朝向星空。它无法将内心感受用语言表达出来，此刻的我就跟它一样。

“然后呢？”

“妈妈跟贝尔纳的父亲谈过了。他完全认同我不是个理想的结婚对象。他决定带贝尔纳去比亚里茨度假，然后坐船回阿根廷。贝尔纳现在身体很健康。”

“他已经走了吗？”

“是的，妈妈不让我去跟他道别，但我没听她的。您不知道，”安德蕾说，“再没有比让自己心上人受苦更可怕的事了。”她的声音颤抖着，“他哭了，哭得那么厉害！”

“他多大？”我问，“人怎样？”

“十五岁，跟我一样大。但他对生活一无所知，”安德蕾说，“没有人真正关心他，他只有我。”她在包里翻了翻，“我有一张他的小照。”

在我眼前的这个陌生小男孩爱着安德蕾，安德蕾吻过他，他曾经大哭过。他有一双浅色的大眼睛，又长又浓的睫毛，深色短发，长得像殉道士圣达济斯。

“这是真正的小男孩才会有的眼睛和脸蛋，”安德蕾说，“可是您再看，他的嘴巴那么悲伤，仿佛他为自己活在世上而感到抱歉。”

她把头靠在椅背上，望着天空。

“有时，我宁愿他已经死了。这样至少受苦的只有我自己。”她的手又开始痉挛起来，“我一想到现在他在哭，就感到难以忍受。”

“你们还会再见面的！”我说，“你们这么相爱，一定会再见面的！总有一天你们会变成成年人。”

“那要等到六年以后，太久了。以我们现在的年龄，这实在是太久了。不会了，”安德蕾绝望地说，“我很清楚我永远都不会再见到他了。”

永远！这个词第一次如此沉重地砸在我心上。我反复默念着这个词，头顶的星空无边无际地延展着，我真想尖叫。

“跟他道别之后，我回来了，”安德蕾说，“我爬上屋顶，真想跳下去。”

“您想要自杀吗？”

“我在上面待了两个小时，犹豫了两个小时。我心想，即使下地狱也无所谓了。如果上帝不善，我也就不一心想着去天堂了。”安德蕾耸了耸肩，“最终我还是感到了害怕。哦！我不是怕死，恰恰相反，我那么想要死掉！我害怕的是下地狱。如果我去了地狱，也就失去了永恒，再也见不到贝尔纳了。”

“您会在此生此世见到他的！”我说。

安德蕾摇了摇头。

“已经完了。”

她突然站起来。

“回去吧，我有点冷。”

我们默默穿过草坪。安德蕾牵着米尔扎，我们一起回到房间。我睡在大床上，她睡沙发床。她关了灯。

“我没有向妈妈承认又见了贝尔纳，”她说，“不想听到她那些说教。”

我犹豫了。我不喜欢卡拉尔夫人，但是我应该如实告诉安德蕾。

“她很担心您。”我说。

“我想她是有些担心。”安德蕾说。

***

之后几天安德蕾都没有再提贝尔纳，我也不敢主动跟她说起。上午，她很长时间都在拉小提琴，总是拉一些忧伤的曲子。然后我们去户外活动。这个地方比我的家乡更干燥。沿着尘土飞扬的道路，我学会了辨识无花果树青涩的气息。在林中，我品尝松子的味道，吮吸凝结在树干上的松树脂。散步回来之后，安德蕾走进马厩，抚摸她那匹栗色的小马，但是她再也没有上马驰骋过。

午后时光则没有那么安宁。卡拉尔夫人打算为玛璐觅得一位如意郎君。不断有或熟识或陌生的男孩来访，为了掩饰，她敞开大门欢迎附近“正经的”年轻人。大家玩槌球和网球，在草坪上跳舞，边吃点心边谈论晴雨。有一天，玛璐穿一身本色山东绸做的连衣裙下了楼，头发刚洗烫过。安德蕾碰了碰我。

“她这一身是为了相亲。”

玛璐一整个下午都跟一个叫作圣－希里安的男孩在一起，这个人其貌不扬，不打网球、不跳舞、不言语，时不时帮我们捡下球。他走后，卡拉尔夫人把长女叫到书房，关上门。窗户开着，我们听到了玛璐的声音：“不行，妈妈，我不要这个人，他太无趣了！”

“可怜的玛璐！”安德蕾说，“给她介绍的那些家伙都又蠢又丑！”

她坐到秋千上。在工具棚旁边有一些露天健身器材，安德蕾经常荡秋千或练单杠，这两个是她的强项。她抓住绳子。

“推我。”

我推了她一把。等到来回荡得有些幅度的时候，她站起来使劲一蹬腿，秋千就直奔树梢而去了。

“不要这么高！”我大喊。

她不应，一会儿飞上天，一会儿落下来，一会儿又飞得更高了。双胞胎姐妹正在柴房的狗窝旁玩锯末，此时都兴致勃勃地抬起头来。远处传来一声声击球的闷响。安德蕾身子擦过槭树叶，我开始感到恐惧。我听到金属挂钩的嘎吱声。

“安德蕾！”

整座房子很安静。从厨房的通风窗里飘出一阵似有若无的嘈杂。墙角的飞燕草和缎花几乎纹丝不动。我感到恐惧。我不敢抓住她坐的板子，也不敢大声祈求，但我觉得秋千会翻，或者安德蕾会头晕目眩地松开绳子：光是看着她像发疯的钟摆似的一次次冲上天空，我就感到恶心。为什么她迟迟不肯下来？她那一身白裙飘过我身边时，我看见她身子挺直，抿着嘴，两眼定定地看着前方。也许她哪一根神经崩溃了，所以停不下来。晚餐钟声响起，米尔扎开始汪汪叫。安德蕾仍然在树梢之间摇荡。“她要自杀。”我想。

“安德蕾！”

响起一声喊叫，是卡拉尔夫人。她走过来，黑着脸怒气冲冲地说：

“立刻给我下来！这是命令！下来！”

安德蕾眨了眨眼，低头看着地上。她先是蹲下，坐到板子上，然后猛地用脚踩住地面，着地过于突然，她整个人都摔倒在草地上了。

“您受伤了吗？”

“没有。”

她笑起来，笑到最后打了一个嗝。她就这样贴着地面，两眼紧闭。

“你肯定有哪里不舒服！在这秋千上荡了半小时！也不想想自己几岁了！”卡拉尔夫人严厉地说。

安德蕾睁开眼。

“天空在转。”

“你该准备明天下午茶要用的蛋糕了。”

“我吃完晚饭再做。”安德蕾边说边站起来，她扶住我的肩膀，“我有点站不稳。”

卡拉尔夫人走开了，牵着双胞胎的手，带她们回屋。安德蕾抬头看着树梢。

“在那上面我很自在。”她说。

“您刚才吓到我了。”

“哦，这架秋千很结实，从来没有发生过事故。”安德蕾说。

不，她并没打算自杀。这件事到此为止。但是每当她定定的眼神和抿紧的双唇浮现在我脑海的时候，我都感到一阵害怕。

晚餐过后，厨房空无一人，我陪着安德蕾走进去。厨房很大，占据了地下室一半的空间。白天，从通气口朝外望去，能看到不同形状的腿从上面经过，有珍珠鸡，也有犬只，当然还有人。此时万籁俱寂，只有米尔扎被拴在链子上，轻微喘息。铸铁炉里火苗呼呼作响，除此之外再无其他动静。安德蕾敲碎鸡蛋，加糖和酵母。在她做蛋糕时，我仔细看了看墙壁，打开餐具柜，只见铜质餐具闪闪发光——大大小小的平底锅、炖锅、漏勺、盆，还有一种小暖炉，是给从前那些大胡子祖先暖床用的。在餐具架上，我尤其喜欢那些上了釉彩的盘子，色彩富有童趣。铸铁、黏土、粗陶、瓷、铝、锡，用这些材质做的汤锅、平底锅、炖锅、火锅、双耳盖锅、烤盅、碟子、汤碗、盘子、口杯、刀具、碾磨器、烘焙模子、捣臼，真是应有尽有！咖啡杯、茶杯、水杯、香槟杯、普通酒杯、盘子、杯托、酱汁碟、罐头、水壶、酒壶、醒酒器，真让人眼花缭乱！每一种汤匙、勺子、刀叉真的都有特别的用处吗？我们真的有那么多种需求要满足吗？这个隐秘的地下世界应该浮出地表，在浩大、美妙的节日里得到充分展示，就我所知，这样的节日从来没有在任何地方举办过。

“所有这些东西都用得着吗？”我问安德蕾。

“多多少少都用得上，我们有很多传统。”她说。

她将白色的蛋糕模子放进烤炉。

“您还什么都没有看到，”她说，“来看看地窖。”

我们首先穿过乳品区：上了釉的奶壶、奶杯，用光滑的木头做的奶油搅拌桶，大块的黄油，还有白纱布包裹着的质感柔滑的新鲜奶酪。简易的卫生条件和婴儿身上那种奶味儿让我赶紧逃之夭夭。相较之下，我更喜欢酒窖，那里有蒙着灰尘的酒瓶、装满酒的小木桶。不过我无法忍受大量的火腿和香肠，以及成堆的洋葱和土豆。

“所以她才需要飞向树梢。”我看着安德蕾心想。

“您喜欢吃酒渍樱桃吗？”

“我从来没有吃过。”

在一个架子上放着几百罐果酱，每只罐子都覆盖着一层羊皮纸，上面写有日期和水果名。还有很多水果泡在糖水或酒里保存。安德蕾拿了一罐樱桃放到厨房桌子上。她用一把木勺把樱桃舀出来，装满两个杯子，还直接对着勺子喝那粉色的液体。

“外祖母下手太重了，”她说，“喝这个很容易醉！”

我咬住梗，吃到嘴里的是一种褪了色的、干枯的、皱巴巴的水果，它已经没有樱桃味了，但是我很喜欢烈酒带来的灼热感。我问：

“您以前喝醉过吗？”

安德蕾突然神采飞扬。

“有过一次，是跟贝尔纳在一起时，我们喝了一瓶查尔特勒甜烧酒。一开始很有趣，那感觉比从秋千上下来还要棒，然后我们就开始犯恶心。”

炉火依旧呼呼作响。屋子里能闻到一种面包房的湿热气息。既然安德蕾自己提到贝尔纳的名字，我便问她：

“你们是在您发生那起意外之后成为朋友的吗？他那时经常来看您？”

“是的，我们一起下跳棋、玩多米诺骨牌、打扑克。那段时期贝尔纳经常发火。有一次，我指责他作弊，他踹了我一脚，正好踹到我右边大腿。他并不是故意的。我痛得晕过去了。等我恢复意识之后，发现他已经喊人来帮忙了，大家把我的伤口重新包扎好，他在我的床边抽泣，”

安德蕾目光投向远方，“我从来没见过一个小男孩哭泣。我哥哥和表兄弟们都是些粗暴的家伙。过了一会儿，房间里只剩下我们俩，我们接吻了……”

安德蕾又把两只杯子倒满。香味越来越浓，可以想象，炉子里的蛋糕已经烤成金黄色了。米尔扎不再哼哼唧唧，它应该已经睡了，所有人都睡着了。

“他爱上了我。”安德蕾说。

她扭头看着我。

“我没法跟您解释，这件事如何改变了我的生活！我之前一直觉得没人会爱上我。”

我惊跳起来。

“您居然这样想？”

“是的。”

“为什么？”我愤慨地说。

她耸了耸肩。

“我发现自己很丑、很笨、很不讨人喜欢，而且确实没有人关心我。”

“那您母亲呢？”

“哦，一位母亲应该爱自己的孩子，这个不算什么。

妈妈爱我们所有人，她有那么多孩子！”

她的声音里带着一丝厌恶。她嫉妒过自己的兄弟姐妹吗？卡拉尔夫人让我感觉到一种冷淡，安德蕾曾为此痛苦过吗？我从未想过她对母亲的爱会是一种不幸的爱。她两手撑在桌上，桌面闪着微光。

“世界上只有贝尔纳为我本身、为我本来的样子爱着我，因为我是我而爱着我。”她怯怯地说。

“那我呢？”我脱口而出。

她那样说太不公正了，我忍不住抗议。安德蕾惊诧地打量着我。

“您？”

“难道我不是因为您本身而爱着您？”

“当然。”安德蕾以不确定的口吻说。

在酒精和愤怒的双重驱使下，我变得大胆起来。我想要告诉她那些只有在书中人们才会说的事。

“您从来都不知道，从我遇见您的那一天起，您就是我生命的全部，”我说，“我曾暗下决心：如果您死去，我也立刻跟着去死。”

我以谈论过去的口吻诉说着，尽量让自己显得冷淡。

安德蕾仍然迷惑地看着我。

“我一直以为，对您来说，真正重要的只有书本和学习。”

“首先有您，”我说，“为了不失去您，我愿意放弃一切。”

她沉默不语，我问：

“您不会怀疑我说的话吧？”

“您送给我那个包做生日礼物，当时我心想，您对我真的很有感情。”

“远不止如此！”我伤心地说。

她看上去很感动。为什么我没能早点让她感觉到我的爱呢？她那时在我眼中魅力四射，我以为她过得很满足。我想要为她哭泣，为我自己哭泣。

“真有趣，”安德蕾说，“这么多年来我们俩形影不离，但我发现我根本就不怎么了解您！我对人下结论太仓促。”她后悔地说。

我不愿她如此自责。

“我也是，我也不怎么了解您，”我激动地说，“我以为您为自己的一切感到骄傲，我很羡慕您。”

“我并不感到骄傲。”她说。

她起身走向烤炉。

“蛋糕烤好了。”说着她便打开炉子。

她灭掉炉火，将蛋糕收到食品柜里。我们上楼回到房间，脱衣服的时候，她问我：

“明天上午您去领圣体吗？”

“不去。”我说。

“那我们一起参加大弥撒吧。我也不领圣体。我现在处于有罪的状态，”她满不在乎地补充道，“我一直没跟妈妈说我违抗了她的命令，更严重的是，我丝毫不感到愧疚。”

我钻进被窝，四周环绕着螺旋形床柱。

“您总不可能不说声再见，就让贝尔纳走了。”

“我做不到！”安德蕾说，“要是那样的话，贝尔纳会以为我对他毫不在乎，会更加绝望。我做不到。”她又重复了一遍。

“所以您违抗得对。”我说。

“哦！”安德蕾说，“有时，无论做什么都是错的。”

她睡下了，但床头的蓝色小夜灯一直亮着。

“有一件事我不太明白，”她说，“为什么上帝不清楚地告诉我们他对我们的期许呢？”

我一言不发。安德蕾在床上动了动身子，把枕头摆好。

“我想问您一点事。”

“请讲。”

“您还一直信着上帝吗？”

我没有犹豫。今晚，对于这一事实，我并不感到恐惧。

“我不信上帝了，”我说，“我不信上帝已经有一年了。”

“印证了我的怀疑。”安德蕾说。

她倚着枕头坐起来。

“希尔维！只有此生这一次生命，这是不可能的！”

“我不信上帝了。”我再次重复。

“有时很难，”安德蕾说，“为什么上帝想要我们受苦？我哥哥回答我说，这是一个关于恶的问题，教会的奠基者们很久以前就解决了这个问题。他把在神学院里学到的东西告诉了我，但这并不能解除我的疑惑。”

“不对，如果上帝存在的话，恶就无法理解了。”我说。

“但也许应该接受不理解，”安德蕾说，“想要什么都理解，这太傲慢。”

她关掉小夜灯，嗫嚅道：

“一定有另一次生命，一定有另一次生命！”

第二天醒来时，我不太清楚自己期待着什么，只是感到非常沮丧。安德蕾还是那个安德蕾，我还是那个我，我们像往常那样互道早安。在接下来的几天，我始终无法摆脱那种失望的心情。当然，我们还是那么形影不离，简直到了无以复加的地步。跟我们长达六年的友谊相比，三言两语没什么分量，可是当我忆起那一晚在厨房里度过的时光，就不由得忧伤地想到：实际上，在我俩之间什么都没有发生过。

一天上午，我们坐在无花果树下吃无花果。巴黎售卖的那种紫色大无花果跟蔬菜一样淡而无味，我喜欢这儿的小果子，颜色浅淡，充盈着带有小颗粒的果肉。

“我昨晚跟妈妈聊天了。”安德蕾说。

我觉得心里一阵刺痛。每当安德蕾跟母亲比较疏远时，似乎就离我更近了。

“她问我这周日会不会去领圣体。上周日我没有去领，这让她寝食难安。”

“她猜到原因了吗？”

“没有完全猜到，但我跟她说了实话。”

“啊！您告诉她了？”

安德蕾把脸蛋贴在树干上：

“可怜的妈妈！她最近忧虑重重，为玛璐操心，又要为我操心。”

“她责怪您了吗？”

“她说她可以原谅我，但是我还需要面对自己的忏悔神父，”安德蕾严肃地看着我，“要理解她。”她说，“她负责照顾我的灵魂，但是想必她也不总是知道上帝对她的期许。对任何人来说这都是不容易的。”

“是的，这不容易。”我含混地说。

我感到愤怒。卡拉尔夫人折磨安德蕾，现在她反倒成了受害者。

“妈妈说话的方式让我很吃惊，”安德蕾以感动的口吻说，“您知道，她也有过痛苦的经历，那时候她还年轻。”

安德蕾环顾四周：

“就是在这里，在这些小道上，她经历了一些艰难时刻。”

“您外祖母管得很严吗？”

“是的。”

安德蕾遐想了一会儿，说：

“妈妈说圣宠是有的，上帝很有分寸地给我们安排一些考验。上帝会护佑贝尔纳，也会一如既往地护佑我。”

她盯着我：

“希尔维，您如果不信主，怎么能够好好活着？”

“可我喜欢活着。”我说。

“我也喜欢活着。可正因为如此，假如我相信自己所爱的人会彻底消亡，我会立刻自杀。”

“我可不想自杀。”我说。

我们离开无花果树的浓荫，默默回到屋里。接下来那个周日，安德蕾去领了圣体。

第二章

我们都通过了高中毕业会考。经过旷日持久的几番争论之后，卡拉尔夫人终于同意让安德蕾在索邦读三年书。安德蕾选了文学，而我选的是哲学。我们经常在图书馆并肩学习，但上课时我是一个人。大学生们的言语方式、行为举止、谈话的内容都让我惊恐不安。我仍然尊重天主教的道德规范，他们在我眼中太放荡不羁了。有一位叫作帕斯卡·布隆代尔的学生，我觉得跟他意气相投，这是顺理成章的事，在学校，大家都知道他是身体力行的天主教徒。他人很聪明，此外，他所受的教育无可挑剔，还拥有天使般的英俊面孔，这些都让我对他产生好感。他微笑着面对所有同学，却跟所有人都保持着距离。他似乎尤其不信任女同学。我对哲学的热情化解了他的冷淡。我们持续不断地讨论一些高深的话题，总而言之，除了上帝存在与否，几乎在一切问题上我们都能达成一致。我们决定结伴学习。帕斯卡厌恶公共场所、图书馆和咖啡馆，于是我去他家。他跟父亲和姐姐住在一套公寓里，那套公寓跟我父母的很相似。我很失望地看到，他的房间平淡无奇。从阿德莱德学校毕业的时候，我将年轻男孩子们视为一个相当神秘的团体。关于生活的奥秘，我想他们远比我懂得更多。然而帕斯卡屋内的家具、那些书、象牙十字架、格列柯[1]画作的复制品，没有哪一点能显示出他是跟安德蕾和我不一样的人。他很久以前就可以在晚上独自出门，可以自由阅读了，但是我很快就发现，他的视野跟我一样狭窄。他曾就读于一所教会学校，他父亲就是那里的教师，他只爱两样东西：学习和家人。当时我只有一个念头，就是走出自己的家庭，他却感觉待在家里无比舒适，这让我惊诧不已。他摇摇头："我永远都不会像现在这样幸福。"他用惆怅的语气说着，仿佛一个上了年纪的男人在追忆往昔。他告诉我，他父亲是位令人钦佩的男子，度过艰难的

1 格列柯（El Greco，1514—1614）：西班牙著名画家，擅长宗教画与肖像画。

少年时期，很迟才结婚，到了五十岁又成了鳏夫，独自抚养十岁的女儿和几个月大的男婴。他把全部身心都献给了这双儿女。说到姐姐，帕斯卡视她为圣女。她在“一战”中失去了未婚夫，从此决定终身不嫁。她把一头栗色的头发往后梳，厚厚的一束扎在脑后，露出令人生畏的宽阔额头。她肤色洁白，眼睛炯炯有神，笑起来的时候露出牙齿，笑容有些生硬。她穿着颜色暗沉的裙子，总是按照同一种优雅严肃的款式进行剪裁，白色的宽领给裙子增添了几分亮色。她狂热地指导弟弟的教育，希望引导他去当司铎。我猜她写日记，把自己当成欧仁妮·德·介朗[1]。她用那双泛红的厚实的手修补家里人袜子的时候，可能会默背魏尔伦的诗：“谦卑的生命，花在无聊简单的劳作上。”好学生、好儿子、好天主教徒，我觉得帕斯卡有点太乖了。有时我心想，他看上去像个还俗的小修士。而我在不止一点上让他感到不快。然而，即使后来我遇到更

1 欧仁妮·德·介朗（Eugénie de Guérin，1805—1848）：《介朗日记和书信》（*Jounal et lettres d'Eugénie de Guérin*，Paris，1862）的作者。这位女子在十三岁时失去母亲，终身未嫁，将所有精力用在照顾弟弟和弟弟的灵魂教育上。

让我感兴趣的同学，我们俩仍一直保持着友谊。卡拉尔一家为玛璐举行订婚典礼的那天，我邀请的同行男伴就是他。

熟记《卡门》《玛侬》[1]《拉克美》[2]台词的玛璐付出了各种努力：围着拿破仑墓转圈、闻巴葛蒂尔公园的玫瑰花、在西南部的朗德森林里吃俄罗斯沙拉，最终她确实找到了一位丈夫。自从她过了圣卡特琳娜节[3]以来，她母亲成天对她念叨："要么进修道院，要么结婚，独身没有出路。"一天晚上，在出发去歌剧院的时候，卡拉尔夫人宣告："这次，行就行，不行就算了，下次机会留给安德蕾。"于是玛璐接受了，决定嫁给一位苦闷地抚养着两个女儿的四十岁鳏夫。那天上午的庆祝舞会正为此举行。安德蕾非要我来。我穿了一件灰色的丝绸平纹针织裙，那是一位表

---

1 《玛侬》(*Manon*)：1884 年首演的歌剧，讲述了乡村姑娘玛侬和骑士德格留斯之间的爱情悲剧。

2 《拉克美》(*Lakmé*)：三幕歌剧，1883 年首演。讲述了印度婆罗门祭司之女拉克美和英国军官杰拉尔德之间的爱情悲剧。

3 在天主教传统中，圣卡特琳娜是年轻女子的保护神。自中世纪以来的传统中，人们会为二十五岁仍然未出嫁的女子庆祝圣卡特琳娜节，节日当天这些单身的女孩子要佩戴黄色（象征信仰）和绿色（象征学识）为主色调的帽子。

姐在进修道院之前送给我的。我跟帕斯卡约在卡拉尔家门前见面。

卡拉尔先生在这五年间晋升得很快。现在他们全家人住在马尔伯夫街一套豪华公寓里。我从来没有进去过。卡拉尔夫人对我随口打了声招呼，她已经很久没有拥抱我了，甚至都不愿对我挤出一个微笑。不过，她打量帕斯卡的时候没有丝毫不满。帕斯卡神采奕奕而又保持分寸的样子，无论哪个女人都会喜欢。安德蕾机械地朝他笑了笑。她有黑眼圈，我在想她是不是哭过了。“您要是想扑点粉的话，我房间里有。”她对我说。这是一种婉转的劝说。卡拉尔家允许女孩子们扑粉。而我母亲、姑姨、母亲的女友们都谴责这一行为。“涂脂抹粉，皮肤受损。”她们如此肯定地说。看着那些夫人粗糙的皮肤，我跟两个妹妹经常私底下说：她们这样谨慎并没有得到什么回报。

我往脸上扑了点粉，梳了梳剪得很随意的头发，重新走进客厅。年轻人们在年长妇女慈祥的目光下跳舞。眼前的场景并不美。这些信奉天主的年轻姑娘们，受到过于严苛的管束，一直被教导忘却自己的肉身，而颜色过于鲜亮或过于甜美的塔夫绸和色丁面料、并不精巧的露肩或褶皱领让她们显得更加姿色平平。只有安德蕾看上去令人愉快。她的头发柔顺光滑、指甲明净润泽，她穿着一条漂亮的深蓝色丝绸连衣裙、一双精致的浅口皮鞋。然而，尽管她两颊抹了胭脂，看上去仍然有些憔悴。

“好悲伤啊！”我对帕斯卡说。

“什么？”

“这一切！”

“没有啊。”他欢快地说。

帕斯卡不赞成我为人处世严苛的态度，在我偶尔激情澎湃的时候，他也无法感同身受。他说在所有人身上都有某种可爱的东西，正因为如此，他很讨人喜欢：在他的认真注视之下，每个人都觉得自己很可爱。

他邀请我跳了一轮，接着我又跟其他人跳了几轮。那些男人都很丑，我跟他们没什么可讲的，他们跟我也无话可说。天很热，我感到很无聊。我目不转睛地看着安德蕾，只见她一视同仁地对着每位舞伴微笑，微微屈膝向那些老妇致意，在我看来她做得过于完美——我不喜欢看到她如此自然地扮演少女的角色。她也会跟她姐姐一样嫁人吗？我有点焦虑地想着。几个月前，安德蕾在比亚里茨见到了贝尔纳。当时他开一辆浅蓝色的加长型汽车，穿一身白色西装，手上戴着好几枚戒指，身旁坐着一位漂亮的金发女郎，一看就是风尘女子。安德蕾跟他握了握手，两人无话可说。“妈妈有先见之明：我们俩不是天生的一对。”安德蕾这样告诉我。我想，如果没有将他俩拆散，也许他会是另外一番模样，但也许不会。总之，自从那次见面之后，只要谈起爱情，安德蕾的语气总是充满苦涩。

在两支舞的间隙，我想方设法靠近了她。

“没办法聊五分钟吗？”

她揉了两下太阳穴。肯定是头痛了，她那段时间经常头痛。“楼梯上见，顶楼，我会偷偷溜过去。”每个人又找到新舞伴，准备迎接下一支舞，安德蕾瞄了一眼众人说，“母亲们不允许我们跟年轻男子散步，可是看着我们跳舞却傻傻地笑，真是头脑简单！”

有些话我只敢轻轻地说，安德蕾却经常口无遮拦地大声说出来。是的，这些天主教女信徒们，看着自己的女儿红着脸腼腆地被男人搂着，理应感到担忧才对。十五岁那年，我对舞蹈课简直深恶痛绝！我会感到一种无以名状的不适，像是反胃，像是疲倦，又像是忧伤，我不知道这种不适因何而起。自从发现其中的缘由，我就很抗拒跳舞，随便一个人仅仅通过触摸就能影响到我的心灵状态，这真是极为荒谬和令人难堪的事。但这些跳舞的小姑娘们，她们中的大多数肯定比我更天真，或者说自尊心没有我那么强。想到这儿，看着她们，我觉得不太自在。安德蕾呢？我心里问道。她经常无所顾忌地逼我去思考一些问题，这些问题在我说出来的那一刻就惊到了我自己。安德蕾跟我在楼梯上会合，我们坐在最上面一级台阶上。

“终于能喘口气了，感觉好多了！”她说。

“您是不是头疼？”

“是的，”安德蕾微笑着说，“也许是我早上喝的那杯东西引起的。平时为了提神，我都是喝一杯咖啡或一杯白葡萄酒，但今天我把两样东西混在一起喝了。”

“一杯葡萄酒咖啡？”

“味道还不错。喝完之后我猛地来精神了，”安德蕾笑容凝固了，“我一夜没睡，为玛璐伤心！”

安德蕾和她姐姐的关系从来都不是太好，但是她将别人的一切遭遇都放在心上。

“可怜的玛璐！”她接着说，“整整两天她问遍了她那些女友，所有人都让她答应下来，尤其是吉特。”安德蕾冷笑一声，“吉特说一个女生到了二十八岁的年纪，要是还独自过夜就是无法容忍的！”

“和一个自己不爱的男人过夜，有意思吗？”我笑着说，“吉特还一直相信婚礼上的一见钟情吗？”

“我猜是的。”安德蕾说。她紧张地玩弄着挂着圣牌[1]的金链子。

“啊，这可不容易！”她说，“您会有一份职业，您不必结婚就可以成为一个有用的人。可是做一个像吉特那样的老姑娘，不好。”

我时常自私地暗自庆幸：布尔什维克和生活中的霉运让我父亲破产了，于是我只能出去工作，困扰安德蕾的那些问题与我无关。

“家里真的不允许您参加教师资格考试吗？”

1　圣牌：天主教、东正教和部分新教使用的一种宗教用品，又称圣像牌，一般以十字架、圆形和椭圆形居多，须得到神职人员的祝圣才能佩戴。

“不允许！”安德蕾说，“玛璐之后，明年就轮到我了。”

“您母亲会让您嫁人？”

安德蕾笑了笑。

“我猜已经开始了。有一位综合理工生一项项地询问我的爱好。我告诉他我想要鱼子酱、时装店、夜总会，我理想中的男人是路易·茹威[1]。”

“他信了您说的话吗？”

“总之他看起来有些不安。”

我们又闲聊了几分钟，安德蕾看了一下手表。

“我该下楼了。”

我讨厌这个奴役她的小手环。当我们在图书馆绿色台灯宁静的灯光下读书、在苏夫洛街喝茶、沿着卢森堡公园的小径散步的时候，安德蕾总是突然瞄一眼手表，便慌慌张张地走掉。“我迟到了！”她总是有其他事要做，像苦修士一般虔诚地完成母亲交给她的种种杂事。她一直爱着母亲，即使在某些方面忤逆她，那也是因为迫不得已。

---

1 路易·茹威（Louis Jouvet，1887—1951）：法国演员、电影和戏剧导演。

那一年在我离开贝塔里之后没多久——安德蕾当时只有十五岁——卡拉尔夫人告诉她一些关于爱情的事，言语直接，深入到细枝末节，她事后想起来还不禁瑟瑟发抖。后来，她母亲从容地批准她阅读卢克莱修、薄伽丘、拉伯雷。这位女信徒毫不担忧那些粗俗乃至有几分淫秽的作品会对女儿产生不良影响，却毫不动摇地谴责那些她认为歪曲了天主教信仰与伦理的作品。见到安德蕾手中捧着克洛岱尔、莫里亚克或贝尔纳诺斯的书，她会说："如果你想了解你的宗教，去读教会圣师们的作品。"她认为我对安德蕾施加了不良影响，想要禁止她再见我。在一位开明神父的鼓励下，安德蕾没有屈服。她坚持学习和阅读，跟我保持友谊，但是为了取得母亲的原谅，她无可挑剔地履行卡拉尔夫人所谓的"社会义务"。这正是她经常头痛的原因：她白天几乎找不到练习小提琴的时间，至于课业学习，几乎只能在夜间进行。她学起来并不困难，但是睡眠不足。

帕斯卡在那天午后多次邀请她跳舞。在送我回家的路上，他若有所思地对我说：

"您的朋友人挺好的。我经常在索邦看见您和她在一起，为什么从来没有介绍我俩认识？”

“我没想到。”

“我还想再见到她。”

“这很简单。”

他看上去被安德蕾的魅力所打动了，我不由得吃了一惊。他对女性一向殷切热情，就跟对男性一样，甚至比对男性更加殷勤，但他极少欣赏女性。虽然对谁他都是一副彬彬有礼的样子，但是很少深入交往。至于安德蕾，面对一张新面孔，她的第一反应是怀疑。在成长的过程中，她惊愕地发现在福音书的教导与正统派人士的行为之间存在巨大鸿沟，所谓的正统派人士往往自私自利、心胸狭隘。她以一种桀骜不羁的姿态来抵抗他们的虚伪。我跟她说帕斯卡非常聪明，她表示相信我。尽管她厌恶愚蠢，但是并不那么看重聪明的价值。“这有什么用？”她有些恼火地问。我不太清楚她究竟在寻觅什么，但对于一切既定价值，她都持有同样的怀疑态度。她有时会迷恋某位艺术家、作家或演员，迷恋的理由总是很反常，她只喜欢这些人肤浅乃至可疑的特质。茹威凭借一个酒鬼的角色迷住了她，她甚至把他的照片贴在了自己房间里。这些迷恋行为首先代表的是对正统派人士虚伪道德的一种挑衅，她并没有真的将这些人放在心上。可是，当她跟我提起帕斯卡的时候，她竟显得很认真。

“我觉得他很不错。”

于是，帕斯卡来苏夫洛街跟我们一起喝茶，陪我们去卢森堡公园。到了下次，我就让他单独跟安德蕾在一起了。再后来他们经常见面，不带我。我并没有感到嫉妒。在贝塔里厨房的那个夜晚，我向安德蕾吐露心声，承认自己深深依恋着她，后来我对她的情感逐渐变得不那么炙热。虽然她对我而言依然非常重要，但现在我的世界里有了其他人，也有了我自己：她不再是唯一了。

卡拉尔夫人心满意足地看到安德蕾即将结束学业，既没有丧失信仰，也没有改变作风，大女儿的婚事也得到妥善安排，一整个春天她都表现得开明大方。安德蕾不像从前那样频繁地看手表了。她经常和帕斯卡相约见面，我们三个人也常常一起出行。很快，帕斯卡便对她产生了影响。一开始，他取笑安德蕾那些尖酸刻薄的想法、看破一切的机灵话，不久他又责备安德蕾的悲观主义。“人性没有那么黑暗。”他肯定地说。他们相互交流关于恶、罪、圣宠的问题，帕斯卡指责安德蕾信奉冉森派[1]。她感到震惊。起初，她惊讶地跟我说："他真是太年轻了！"后来她带着迷惑不解的神情跟我说："当我把自己跟帕斯卡相比的时候，我觉得自己像个刻薄的老姑娘。"最终，她认定是帕斯卡言之有理。

"先验地设想同胞之恶，这是对上帝的冒犯。"她对我说。她还说："一位基督徒应该是审慎而非痛苦的。"接着她热情洋溢地补充道，"帕斯卡是我遇到的第一位真正的基督徒！"

与其言论相比，帕斯卡的存在本身对安德蕾发挥了更大的影响，这让安德蕾恢复了与人性、世界、上帝的和谐关系。他信仰上帝、热爱生活，他活泼开朗、完美无瑕。不是所有人都是坏人，也并非一切美德都是虚伪的，抵达天堂并不意味着一定要弃绝尘世。我很高兴安德蕾信服了这一点。两年前她的信仰似乎有所动摇。"只有一种可能

1　冉森派（le jansénisme）：冉森派是 17 世纪上半叶在法国出现并流行于欧洲的基督教派，由荷兰神学家康涅留斯 · 冉森（Cornelius Jansenius，1585—1638）创立，其理论强调原罪、人类的全然败坏、恩典的必要和预定论。

的信仰，”她当时对我说，“那就是煤炭商的信仰[1]。”后来她又恢复了信仰。我所希望的不过是她不要将宗教看得过于冷酷。帕斯卡因为和她信念一致，比我更适合劝她不要因为偶尔关心自己而产生罪恶感。他没有谴责卡拉尔夫人，而是肯定地告诉安德蕾，努力捍卫个人生活是对的。“上帝不想让我们变得愚笨：他赐予我们才能，是为了让我们充分利用这些才能。”他这样反复告诉安德蕾。这些话让她神采焕发，仿佛肩上卸下了一个重担。当卢森堡公园的栗子树从披满新芽到长叶开花，安德蕾也在一天天发生着变化。身穿法兰绒套装，戴着草帽和手套，她有着年轻姑娘该有的循规蹈矩的样子。帕斯卡温柔地逗她：

“为什么您总是戴着帽子把脸遮住？您离不了手套吗？我们可以邀请一位如此端庄的女士坐在咖啡馆的露天座上吗？”

---

1 煤炭商的信仰（la foi du charbonnier）：形容天真而坚定的信仰。这一习语来源于一则典故：一天，魔鬼问一名不幸的煤炭商：“你信仰什么？”此人回答：“信仰教会所信仰的东西。”魔鬼又问：“教会信仰的是什么？”此人回答：“信仰我所信仰的东西。”魔鬼问不出个所以然，只能无可奈何地离开。故事里，煤炭商的信仰不基于任何神学或哲学上的论证，而是相信教会跟他说的一切，对于这一切，自己却毫不了解，无法进行解释，也无法为之辩护。

当帕斯卡这样逗她的时候，她看上去很高兴。她不再买新帽子，将手套遗忘在包里，坐在圣米歇尔大街的露天咖啡座上。她的脚步重新变得轻盈，如同当年我们一起在松树下散步时的样子。直到那时，从某种程度上而言，安德蕾的美是隐秘的：从眼底的一道波光、脸庞刹那的神采流露出来，但不是那么明显。突然之间，她浑身散发着美，她的美昭然可见。一天上午，在绿意盎然的布洛涅森林的湖面上，我又见到了她。她划着船，没戴帽子和手套，光着胳膊，灵巧地让船桨掠过水面。她的头发闪烁着光芒，眼波流转，顾盼生辉。帕斯卡把手伸进水里，轻轻地唱着歌。他有着动人的嗓音，会唱很多首歌。

他也变了。在父亲尤其是姐姐面前，他看上去像个小男孩；而在跟安德蕾说话时，俨然一副男子汉大丈夫的模样。这倒并不是说他在演戏，他只是为了去满足安德蕾对他的需要。或许我从前对他有误解，或许他变得成熟了。无论如何，他不再像一名修士了。我感觉他没有从前那么像天使了，但变得更快乐了；快乐跟他如此相称。五月一日下午，他在卢森堡公园的空地上等我们，一见到我们，他立刻爬到栏杆上，像杂技演员那样张开双臂以保持平衡，踩着小碎步向我们走来，左右手各拿着一束铃兰花。他跳到地上，将两束花一齐送给我们。我那一束只是为了公平起见，帕斯卡以前从来没有给我送过花。安德蕾明白这一点，因为她脸红了。在我们的生活中，这是我第二次看见她脸红。我想："他俩相爱了。"被安德蕾爱上是多大的幸运啊，但我主要为她感到高兴。她既不能也不愿嫁给一个不信教的男人。如果她接受安排，去爱一个像卡拉尔先生那样严肃刻板的教徒，她会变得萎靡不振。和帕斯卡在一起，她终于能够调和自己的义务与幸福。

这一年年底，我们无所事事，成天在一起闲逛。我们三个人手头都不宽裕。卡拉尔夫人给女儿们的零花钱只够买公交车票和长筒袜。布隆代尔先生想让帕斯卡专心致志准备考试，禁止他去做家教，宁愿自己辛苦多上点课。而我只有两个学生，得到的家教费也不高。不过我们还是想方设法去了乌苏林影院[1]看抽象电影，也看了"四人导演

1　乌苏林影院（Studio des Ursulines）：1926 年开始营业，法国的第一家艺术影院。

联盟”[1]的戏剧。从影院或剧院走出来之后，我总是跟安德蕾滔滔不绝地讨论。帕斯卡在一旁耐着性子听我们讲话。他承认自己只喜欢哲学。艺术与文学在他眼中是莫名其妙和无趣的。不过一旦艺术与文学声称自己表现了生活，帕斯卡就会指出它们是虚假的。他说在现实生活中，情感与情境不像书本中那样微妙或戏剧化。这种简单的立场让安德蕾耳目一新。总之，她时常把人世看作一场悲剧，因此对她而言，幸好还有帕斯卡的智慧，尽管有些不足，却令人感到愉悦。

安德蕾出色地通过了毕业口试，结束之后，她跟帕斯卡出去散步。帕斯卡从未邀请她去自己家里，即使邀请了，她可能也不会接受。她平时会跟母亲含糊其词，说自己跟我和一些同学出门，但是她并不想向母亲承认，也不想隐瞒自己在一位年轻男子家里度过了一个下午。他们总是在户外见面，经常一起散步。第二天，我在老地方见到

1　四人导演联盟（les théâtres du Cartel 或 le Cartel des quatre 或 le Cartel）：由巴蒂（Gaston Baty）、迪兰（Charles Dullin）、茹威（Louis Jouvet）和皮托耶夫（Georges Pitoëff）这四位戏剧导演在 1927 年建立的戏剧协会，反对戏剧的过度商业化，倡导一种独立自由的戏剧美学。

了她，在我面前的是一位石头王后，两眼无光。我买了一些樱桃带过去，是她爱吃的那种大个头黑樱桃，但她连尝都不尝，好像有什么心事。过了一会儿，她对我说：

“我把我跟贝尔纳的往事告诉了帕斯卡。”

她的语气很紧张。

“您从来没有跟他说起过这件事吗？”

“没有。我很早之前就想这么做了，我觉得我应该告诉他，但我不敢，”她犹疑不决，“我担心他对我的看法会变得不好。”

“您怎么会这么想！”我说。

即使认识她已有十年，我还是经常会对她感到不解。

“我们从来没做过任何错事，贝尔纳和我，”她以严肃的口吻说，“但说到底，我们接吻了，而且不是柏拉图式的吻。帕斯卡这么纯洁，我担心会刺激到他。”

接着她言之凿凿地说：“不过他只对自己特别严格。”

“他怎么会被刺激到呢？”我说，“你们当时还是孩子，贝尔纳和您，而且你们相爱。”

“在任何年纪都可能犯罪，”安德蕾说，“爱情不能成为一切的借口。”

“帕斯卡一定觉得您过于冉森主义了！”我说。

我不太能理解她的顾虑。确实，我也很难理解孩童时代的那些吻究竟对她意味着什么。

“他很能理解，”她说，“他总是能理解一切。”她环顾左右，“当妈妈将我和贝尔纳分开时，我居然想到自杀，毫不怀疑自己会永远爱他！”

她的语气中带有一种焦虑的疑惑。

“在十五岁的时候犯糊涂，这很正常。”我说。

安德蕾用鞋跟踩地，在沙子上画出一道道线来。

“到多大岁数才有权去想：这是永远的事？”

她忧心忡忡的时候，脸庞就会变得硬朗，看上去很是瘦削。

“现在您没有弄错。”我说。

“我想也是。”她说。

她继续在地上画着一些不甚清晰的线条：“可是假如说您爱着一个人，怎样才能确信他会永远爱着您呢？”

“这是能感觉到的。”我说。

她把手伸进棕色的纸袋，默默吃了几颗樱桃。

“帕斯卡告诉我，迄今为止他从来没有爱过任何一个女人。”安德蕾说。

她看着我的眼睛。

“他说的不是‘我之前没有爱过’，而是‘我从来没有爱过’。”

我笑了。

“帕斯卡是个一丝不苟的人，他会仔细掂量要说的话。”

“他请我明天早上跟他一起去领圣体。”安德蕾说。

我没有回应。如果我处在安德蕾的位置，看到帕斯卡领圣体我可能会感到嫉妒：跟上帝相比，人类个体显得那么渺小。不过从前我确实同时炽热地爱着安德蕾与上帝。

从那以后，安德蕾与我之间达成共识：她爱着帕斯卡。至于帕斯卡，他比从前更能敞开心扉向她吐露心声。他告诉她说，十六岁到十八岁时，他曾想要当神父。他的指导神父却认为他并没有从事神职的真正志向：是他姐姐影响了他。再者，他之所以对修道院有所期待，不过是将它视为藏身所，借以逃避时代、逃避成年人的责任，这些令他感到恐惧。这种忧惧持续了很久，帕斯卡对女性的偏见也由此而来。他为此十分自责。“纯洁并不在于将所有女性视为魔鬼。”他欢快地对安德蕾说。在认识安德蕾之前，他只将他姐姐和我视作例外，他姐姐在他心中是一种纯粹的精神，而我几乎没有身为女性的自我意识。他现在已经认识到女性及女性身份是上帝的造物。“然而全世界只有一个安德蕾。”他以如此热忱的口吻补充道，安德蕾现在不再怀疑他爱着自己。

“你们假期会通信吗？”我问。

“会的。”

“卡拉尔夫人会怎么说？”

“妈妈从不拆看我的信，”安德蕾说，“她很忙，没空成天监视我的信件往来。”

这个假期会因为玛璐的订婚变得忙乱不堪。安德蕾跟我谈起假期时忧心忡忡。她问我：

“如果妈妈允许我邀请您的话，您会过来吗？”

“她不会允许的。”我说。

“这不一定。到时候米娜和蕾莱特会在英国，双胞胎姐妹又太小了，您不会产生什么危险的影响，”安德蕾笑着说，接着她严肃地补充道，“妈妈现在对我比较信任。我曾有过艰难的时候，但最终我取得了她的信任：她不再担心您把我带坏。”

我怀疑安德蕾之所以希望我去，不仅出于对我的友谊，也是为了能和我聊一聊帕斯卡。我巴不得能扮演闺密知己的角色，当安德蕾告诉我九月初她指望着我来时，我感到很开心。

***

八月我只收到安德蕾两封信，而且都很简短，是黎明时分她在床头写就的：“白天，没有一分钟是属于我自己的。”夜里她睡在外祖母的房间里，老太太睡眠很浅，要等到百叶窗透进光线的时候，她才能写信、读书。贝塔里的宅子里住着很多人：有玛璐的未婚夫和他的两个姐妹，有一群阴郁的老姑娘寸步不离地跟着安德蕾，还有里维埃尔·德·博内伊家族那边的全部表亲。卡拉尔夫人一边忙着举办玛璐的订婚典礼，一边为安德蕾安排相亲。在这个明亮的季节里，庆祝活动一场接着一场。“我能想象地狱的样子。”安德蕾在信中说。她要在九月陪玛璐去未婚夫的父母家，一想到此，她就感到难以忍受。幸运的是，她陆续收到帕斯卡的长信。我迫不及待想要跟她重逢。那一年假期，我在萨德纳克无聊度日，感到深深的孤独。

安德蕾在站台等着我，她穿一身玫瑰色连衣裙，戴一顶草帽。但她不是一个人，双胞胎姐妹也来了，一个穿粉色格子连衣裙，另一个穿蓝色格子裙。两个孩子一边追着火车一边喊：

“希尔维在这儿！您好啊，希尔维！”

她们的直发和黑眼睛让我想起大腿被灼伤的那个小女孩，那个在十年前拿走了我的心的小女孩。只不过她们的脸蛋更加饱满，目光少一些放肆。安德蕾对着我微笑，那样一个短促却十分生动的笑容，使她看上去活力四射。

“您旅途愉快吗？”她说着向我伸出手。

“总是很愉快，每当我独自旅行的时候。”我说。

两个小姑娘以挑剔的眼神打量着我俩。

“为什么你不拥抱她？”穿蓝格子的问安德蕾。

“有些人我们很喜欢，但我们不去拥抱。”安德蕾说。

“有些人我们拥抱，但我们并不喜欢。”穿粉格子的说。

“一点不错，”安德蕾说，“把希尔维的行李箱拿到车上。”她又补充道。

孩子们拿起我的小手提箱，蹦蹦跳跳地走到黑色雪铁龙前。车子停在车站门口。

“最近怎么样？”我问安德蕾。

“不好也不坏，我待会儿告诉您。”安德蕾说。

她钻到方向盘前，我坐在她身边，双胞胎姐妹坐在后排座位上，那里堆满了大大小小的包裹。显然我掉进了一种严格组织的生活中。“去接希尔维之前，你先把东西买了，把两个妹妹也接回来。”来之前卡拉尔夫人如此交代。到家之后，得先把这些包裹都拆开。安德蕾戴上手套，把住变速杆。仔细打量了她一番之后，我发现她变瘦了。

“您瘦了。”我说。

“可能有点吧。”

“肯定啊，妈妈责怪她，可她还是什么都不吃。”双胞胎中的一个喊道。

“她什么都不吃。”另一个也附和道。

“不要胡说八道，”安德蕾说，“如果我什么都不吃，我会死的。”

汽车轻轻启动了。方向盘上戴手套的那双手看上去灵巧能干，不过无论做什么，安德蕾都能做得很出色。

“您喜欢开车吗？”

“我不喜欢成天当司机，”安德蕾说，“不过我还是挺喜欢开车的。”

汽车沿着路边的刺槐树前行，但我没认出路来。记得上次来时有一片急坡，卡拉尔夫人突然勒住缰绳；还有一处丘地，马儿费力地用小碎步爬上去的。现在，到处都很平坦。我们已经来到林荫大道上。黄杨木刚修剪过。城堡没有什么变化，但是在花园的台阶前种了一些秋海棠，花坛里种着百日菊。

“从前没有这些花。”我说。

“是没有。这些花好丑。”安德蕾说，“既然我们现在请了一位园丁，总要给他找点事做。”她讽刺地补充道。她拿起我的箱子。

“你俩告诉妈妈，说我一会儿就来。”她叮嘱双胞胎姐妹。

我认出了门厅，又闻到了那股乡土气息。楼梯跟从前一样嘎吱作响，但到了楼上，安德蕾向左走。

“您被安排在双胞胎的房间，她们俩和我一起睡在外婆屋里。”

安德蕾推开一扇门，把我的手提箱放在地板上。

“妈妈硬说我们俩要是睡在一起，整夜都不会合眼。”

“太遗憾了！”我说。

“是呀，不过您能来，这已经很棒了。我太开心了！”

“我也是。”

“您收拾好了就赶紧下来，”她说，“我得去帮妈妈做事。”

她关上了门。给我的信上她说：“我一分钟的时间都没有。”这句话毫不夸张。安德蕾从不夸大其词。即便如此，她还是挤出时间采了三朵红玫瑰给我，这是她最爱的花。我记得在她小时候的一篇作文里有这样的句子：“我喜欢玫瑰。玫瑰是一种讲究礼节的花，死时依然鲜活，枝头弯曲如行屈膝礼。”打开衣橱，我将自己唯一一条连衣裙挂在衣架上，裙子是一种难以名状的淡紫色。衣橱里有一件浴袍、一双拖鞋、一条漂亮的白底红点连衣裙。盥洗台上，安德蕾已经事先摆好一块杏仁香皂、一瓶古龙水和一盒浅黄色的米粉[1]。她这么体贴入微，让我很感动。

“为什么她不吃东西呢？”我心里想着。也许卡拉尔夫人截了她的信，可这又如何呢？五年过去了，难道同样的故事要再一次上演？我走出房间来到楼下。不会是同样的故事，安德蕾不再是个孩子了，我感觉、我知道她已经无可救药地爱上了帕斯卡。我反复安慰自己：卡拉尔夫人应该找不出任何理由来反对他俩的婚事。总之，我们可以把帕斯卡归入“无论从哪一方面来看都很优秀的年轻男子”之列。

客厅里传来嘈杂的说话声。一想到即将直面所有这些多少怀有敌意的人，我就感到手足无措：我也不再是个孩子了。走进书房，等着晚餐钟声响起，我忆起在这里见过的各种书和肖像，还有一本厚厚的相册——牛皮封面上压着垂花和半圆环纹饰，看上去像一块天花板藻井。解开相册的金属搭扣，我的视线落在里维埃尔·德·博内伊夫人的照片上：五十岁上下的模样，戴着平淡无奇的黑色

1　米粉自古以来就是亚洲地区的美容用品，而欧洲人传统上用小麦粉，16 世纪因为小麦歉收，米粉开始在欧洲流行，近代以来逐渐被矿物质粉取代。

束发带，表情专制，看上去不像她后来成为的那位慈祥外祖母。她曾强迫自己的女儿嫁给一个不想嫁的男人。我往后翻了几页，看到卡拉尔夫人年轻时的照片：胸衣一直勒到她的脖子，蓬松的头发下是一张天真无邪的脸庞；在这张脸上，我能认出安德蕾的嘴巴，一张严肃、宽厚、不爱微笑的嘴巴；眼神带有某种吸引力。我又翻了几页，重新见到卡拉尔夫人，这回她坐在一位蓄着胡须的年轻男士旁边，对着一个丑丑的婴儿微笑。她眼神里的那种吸引力消失了。我合上相册，走到落地窗前，把窗户打开一些。一阵微风在银扇草间嬉戏，脆弱的风铃叮当作响。秋千发出嘎吱嘎吱的声音。“她那时和我们现在一样大。”我心想。她在同样的星空下听着夜晚的窸窣声，打定主意：“我是不会嫁给他的。”为什么？他既不丑陋也不愚蠢，他有美好的前程和各种优点。她心里爱着另一个人吗？她有没有胡思乱想？如今，她跟她所过的生活如此相称！

晚餐钟声响起，我来到餐厅，跟很多人握了手，但没有任何人询问我的近况，大家很快便忽视了我的存在。里维埃尔·德·博内伊家的夏尔和亨利极力捍卫《法国行动报》，卡拉尔先生与之相对，他捍卫教皇的立场。安德蕾一脸恼怒。至于卡拉尔夫人，她好像有什么心事。我徒劳地在这张发黄的脸上寻找相册里的那位年轻姑娘。可她拥有回忆，我想。什么样的回忆呢？她如何使用这些回忆？

晚餐结束后，男人们打桥牌，女人们做针线活。那一年流行纸帽子：拿一些厚纸，剪成细长条，蘸湿软化，紧紧编织在一起，最后再整体刷上一层清漆。在桑特内家的姑娘们欣赏的目光注视下，安德蕾做着某种绿色的东西。

“这会是一顶钟形帽吗？”

“不，是一顶很大的遮阳帽。”她说着朝我会心一笑。

阿涅斯·桑特内请安德蕾演奏小提琴，她拒绝了。我了解到一整晚都无法跟她说话后，就早早地上楼睡觉了。接下来几天，没有哪一分钟我能单独跟她在一起。上午她要操持家务；下午年轻人们都挤在卡拉尔先生和夏尔的汽车里，去附近的一些城堡打网球或跳舞；要不然我们就是去某个村镇观看回力球比赛或赛牛。安德蕾在该笑的时候也会笑，但我注意到她几乎什么东西都不吃。

一天夜里，我突然醒了，听到房门打开的声音。

“希尔维，您睡了吗？”

安德蕾走到我床前，她裹着一件绒布浴袍，光着脚。

“几点了？”

“一点了。如果您不太困的话，一起下楼吧。在楼下说话更方便，在这儿会被人听到。”我套上一件睡裙，两个人蹑手蹑脚地下楼，生怕楼梯发出声音。安德蕾走进书房，点亮一盏灯。

“之前没有哪个晚上，我能从床上爬起来而不惊动外祖母。老年人睡眠浅得令人难以置信。”

“我太想跟您聊天了。”我说。

“我也是！”安德蕾叹了口气，“从假期开始就一直这样。真是太不走运了，今年我本想得到一点安宁！”

“您母亲一直没有起疑心吗？”

“唉！”安德蕾说，“最终她还是发现了那些信封，上面有男人的字迹。上周她问我话了。”安德蕾耸了耸肩，“无论如何，我早晚都是要跟她讲的。”

“然后呢？她说什么了？”

“我把一切都告诉她了，”安德蕾说，“她没有要求看信件的内容，我也不会给她看的，不过我什么都说了。她没有禁止我继续给帕斯卡写信。她说她需要想想。”

安德蕾的目光在屋内游移，如同在寻求支援。那些严肃的书和祖先的肖像可不是用来宽慰她，让她安心的。

“她看上去很恼怒吗？您什么时候才能知道她的决定？”

“不知道，”安德蕾说，“她没有发表任何意见，只是问了我一些问题，然后干巴巴地来一句：我得想想。”

“她没有任何理由反对帕斯卡呀，”我热切地说，“即使从她的眼光来看，这也不会是一门糟糕的婚事。”

“我不知道。在我们这个阶层，婚不是这样结的，”安德蕾说，她苦涩地补充道，“因爱成婚，这是靠不住的。”

“总不可能仅仅因为您爱着帕斯卡，就阻止您嫁给他！”

“我不知道。”安德蕾心不在焉地说。她瞄了我一眼，然后迅速转移了视线。

“我甚至都不知道帕斯卡是否想娶我。”她说。

“想什么呢！他之所以没说出口，是因为这是自然而然的事，”我说，“对帕斯卡而言，爱您与想跟您结婚，这是同一件事。”

“他从来没跟我说过他爱我。”安德蕾说。

“我知道。可是前一阵在巴黎的时候，您并不怀疑他爱着您，”我说，“您是对的，这一眼就能看出来。”

安德蕾摆弄着她的圣牌，沉默了一会儿。

“在写给帕斯卡的第一封信中，我就告诉他我爱他。我也许做错了，可我不知道该怎么跟您解释：不表白，这封信就是满纸谎言。”

我点点头。安德蕾一直都不会欺骗。

“他给我回了一封很漂亮的信，”安德蕾说，“可他说，他觉得自己没有权利说这个词：爱。他向我解释，这是因为无论在世俗生活还是宗教生活中，他从未即刻确信过任何事物，对于情感，他需要慢慢体验。”

“您不要担心，”我说，“帕斯卡以前总是责怪我观念过于武断而不肯付诸检验。他就是这样的人！他需要一点时间。不过，经验很快会给出结论。”

我熟知帕斯卡的为人，知道他没有玩弄任何把戏，但我为他的迟疑不决感到遗憾。如果安德蕾曾收到爱的告白，就会睡得更好，也吃得更多。

“跟卡拉尔夫人的谈话，您告诉帕斯卡了吗？”

“是的。”安德蕾说。

“等着瞧吧，一旦他担心你们的关系面临危险，他就会确信自己的感情。”

安德蕾轻轻咬着一块圣牌。

“那我就等等看。”她漫不经心地说。

“说真的，安德蕾，您觉得帕斯卡会爱上另一位女子吗？”

她犹豫不定。

“他可能会发现自己不适合结婚。”

“您不会以为他还想着当神父吧？”

“要是没遇到我的话，他也许还这样想，”安德蕾说，“我也许是他前进道路上的陷阱，使他偏离正途……”

我不安地看着安德蕾。帕斯卡说她是冉森派教徒，其实比这还要严重：她怀疑上帝像魔鬼那样施诡计。

“真荒唐，”我说，“非要这样去想的话，我认为上帝也许会考验灵魂，但不可能欺骗灵魂。”

安德蕾耸了耸肩。

“人们常说，之所以要去相信，是因为荒诞不经，于是我觉得事情看上去越是荒唐，越有可能是真的。”

我们讨论了一会儿，书房的门突然开了。

“你们在这儿干吗呢？”响起一声童音。

说话的是德德，双胞胎中穿粉色裙子的孩子，也是安德蕾偏爱的那个。

“你呢？”安德蕾说，“你怎么不在自己床上？”

德德提着她长长的白色睡衣走过来。

“外祖母开灯把我叫醒。她问你在哪儿，我说我去看看……”

安德蕾站起身。

“我会告诉外祖母我刚才失眠了，下楼去书房看书。听话，不要说起希尔维，否则妈妈会训我的。”

“这是撒谎。”德德说。

“我确实要撒谎，你只需要保持沉默，你不用撒谎，”安德蕾以确信的口吻补充道，“长大了有时是可以撒谎的。”

“长大了可真方便。”德德叹口气说。

“有利也有弊。”安德蕾边说边抚摸她的脑袋。

“她被奴役成什么样子了！”在回房间的路上，我心里这样想着，“她没有哪个行为不受她母亲或外祖母的控制，没有哪个行为不会立刻变成妹妹们的示范。她没有哪个想法不需要向上帝汇报！”

“这才是最可恶的。”第二天，当安德蕾在身边祈祷的时候我想。她坐在一张长凳上，一块铜牌提示这是里维埃尔·德·博内伊家族的专属座位，近一个世纪以来一直如此。卡拉尔夫人在弹簧风琴；双胞胎姐妹提着篮子穿过教堂，篮子里装满了被祝圣过的面包；安德蕾把头埋在掌间，她在跟上帝交流——用的什么语言？她跟上帝的关系不会很简单，至少我敢肯定：她无法说服自己上帝是善的。然而，她不想触犯他，努力想让自己爱上他。要是她像我一样，从信仰不够单纯的那一刻起就失去了信仰，事情会简单很多。我的目光追随着双胞胎姐妹。她们俩忙忙碌碌，显得自己很重要。在她们这个年纪，宗教是一种极有趣的游戏。记得小时候，我曾挥舞小旗，把玫瑰花瓣撒在手持圣体、披金戴银的神父面前；也曾穿着领圣体的裙子显摆，亲吻主教手指上镶嵌巨大紫水晶的权戒；长满青苔的临时祭台、五月纪念圣母玛利亚的各种祭坛、耶稣诞生的马槽、一排排的仪式队伍、天使、香炉、缭绕的香气、舞蹈、各种闪闪发光的仿金制品，所有这一切是我童年时期唯一的奢侈享受。陶醉在这些宏大的场景里，感觉自己内心有一颗灵魂，就像圣体光[1]中的圣体那样洁白闪

1　圣体光（l'ostensoir）：天主教仪式上的一种祭具，通常为镀金或镀银制品，中间开有一个透明的小窗，用于嵌入圣体，四周呈放射线条状以表现出“圣体发光”的主题。

耀，这是多么令人愉悦的事啊！然后有一天，灵魂与天空都变得黯淡无光，内心充斥着悔恨、罪恶与恐惧。即使安德蕾只从世俗方面去考虑事情，她也会无比严肃地对待在她周遭发生的一切；当她将自己的生活蒙上超自然世界的神秘光线时，她又怎么可能会不感到焦虑呢？反抗母亲，也许就是反抗上帝本尊，但是在服从时，她的表现也许配不上自己得到的上天恩宠。当她爱着帕斯卡的时候，如何才能知道自己没有帮助撒旦实现意图？每时每刻，想得永生都是挑战，可上天没有任何明示，我们究竟会上天堂还是下地狱。帕斯卡曾帮助安德蕾克服了这些恐怖的念头，可是我们在夜间的谈话表明她正迅速重新坠入其中。如果有一个地方能让她找到内心安宁，那一定不是在教堂里。

一整个下午我都感到窒息，闷闷不乐地看着那些长着尖角的母牛，牛背上的年轻农夫一个个吓得脸色发青。接下来的三天，屋子里的所有女人都在地下室忙个不停；我剥了豌豆，给李子去核。每年，此地的大领主们都会聚在阿杜尔河畔举办冷餐会，这一淳朴的节日需要长时间的准备工作。“每家都想比别人家做得更好，每年都想比上一年更出色。”安德蕾对我说。到了那一天早晨，大家把两大筐食物和餐具装在租来的小卡车上，年轻人在车里空出来的地方挤作一团；上了年纪的和已订婚的玛璐夫妇坐汽车跟在后面。我穿上了安德蕾借我的红点连衣裙。她自己穿一件真丝裙，一条绿色腰带搭配头上的宽檐帽，那顶帽子看上去几乎不像是纸制的。

湛蓝的河水、古老的橡树、繁茂的草地。我们本可以躺在草地上，中午吃一个三明治，聊天聊到天黑，那会是一个圆满幸福的下午。我一边忧伤地想着，一边帮安德蕾把大筐小筐里的东西取出来。一阵手忙脚乱！要在合适的地方摆桌子，铺上桌布，布置冷餐。陆陆续续又来了好多辆车：耀眼的新车、老式汽车，甚至还有一辆两匹马拉着的马车。年轻人立即动手搬餐具。上了年纪的则要么坐在裹着防水布的树桩上，要么坐在折叠椅上。安德蕾向他们微笑致意，行屈膝礼。她尤其招那些老先生喜欢，跟他们聊天聊很久。在此期间，她接替玛璐和吉特去摇一台机器的手柄，那是一台复杂的机器，往里面装进奶油之后，能把奶油变成冰激凌。我也帮她们去摇了。

“您看看！”我边说边指着那么多张摆满食物的桌子。

“是的，就履行社会义务而言，我们都是杰出的基督徒！”安德蕾说。

奶油冰激凌无法成形。最终我们放弃了，围着一块桌布坐下，这一圈坐着的都是二十多岁的人。表兄夏尔用优雅的语调跟一位长得很丑但打扮得光彩夺目的姑娘说话。她穿的那一身裙子，无论色彩还是布料我们都说不出名称。

“像是‘绿边舞会’[1]，这个野餐。”安德蕾轻声说。

“是相亲大会？那姑娘真是不好看。”我说。

“但很有钱，”安德蕾说，她冷笑着，“这里面至少有十门婚事。”

在那个钟点，我可以说是饥肠辘辘，但服务生们端过来的菜肴那么丰盛和庄重，竟让我有些气馁。鱼冻、蛋卷、肉丝杂蔬冻、船形点心、猪肉冻、猪肉卷、焖肉、鸡肉冻、肉酱、钵菜、果酱、油封肉、鸡肉卷、什锦果蔬、蛋黄酱、菜肉馅饼、杏仁奶油饼……什么都要尝一口，

1 绿边舞会（le bal des liserés verts）：由一个叫作“绿边俱乐部”的婚恋机构举办的舞会，帮助青年男女扩大社交面，增进彼此的认识。

对什么都要毕恭毕敬，否则可能会冒犯到某人。此外，大家还会谈论尝到的食物。安德蕾胃口比往常要好，野餐刚开始的时候似乎很快乐。她右手边坐着一位棕色头发的帅气男生，带着自命不凡的神气，一直盯着她看，小声跟她说话。过了一会儿，她似乎被惹怒了——要么因为发火，要么因为喝了酒，她的脸颊染上了一层红晕。葡萄园庄主们都带来了自家的酒样，我们喝光了好多瓶。一群人聊天聊得火热。最后，大家开始谈论调情：能调情吗？能调情到哪种程度？总之，所有人都反对，但也有男生和女生窃窃私语，不时冷笑两声。这些年轻人大部分比较教条刻板，不过有一些人明显没有教养：能听到很多下流的狎笑；一些人受到挑逗开始讲故事，虽然是些正经故事，但言谈之间似乎在暗示他们还能讲些其他的。一支大瓶装的香槟被打开了，有人建议大家共用一只酒杯，传酒的时候每个人都能知道旁边的人心里在想什么。酒杯挨个儿往下传，到了棕发男生手里，他几乎一饮而尽，然后把杯子递给安德蕾，在她耳边嘀咕了几句。她一甩手，将酒杯扔到草地上。

“我不喜欢拥挤。”她干脆利落地说。

人群中一阵尴尬的沉默。夏尔突然大笑着说：

“我们的安德蕾不想让人知道她的秘密？”

“我也并不想知道别人的秘密，”她说，“况且我已经喝得太多了。”她站起身，“我去弄点咖啡。”

我困惑不解地目送她离开。换作我，我会乖乖去喝。是的，在这些无伤大雅的放荡行为当中有某种说不清道不明的东西，但这跟我们又有什么关系呢？也许在安德蕾眼中，两个人的嘴唇在一只酒杯上有了间接触碰，是一种亵渎：她是不是想到了从前跟贝尔纳的接吻？或是想到帕斯卡还没有给她的那些吻？安德蕾一直不回来，于是我也起身离开，走到橡树的浓荫下。我又一次想起她曾说，那些吻并非柏拉图式的，她这么说，究竟想表达什么意思？关于性的问题，我曾查阅了很多资料，在童年和青春期，我的身体有过一些幻想，但无论是我广博的科学知识还是微小的个体经验，都不足以让我弄明白肉体的各种状态如何跟温柔、幸福联系在一起。对安德蕾而言，在心与身之间存在着一条通道，这条通道于我是神秘未知的。

我走出小树林，来到阿杜尔河的一处转弯口，站在河畔，耳边传来瀑布的声音。河水清澈见底，五颜六色的鹅卵石像是一块块糖果。

“希尔维！”

是卡拉尔夫人，她戴着一顶草帽，满脸通红。

“您知道安德蕾在哪儿吗？”

“我正在找她。”我说。

“她消失快有一个小时了，这很失礼。”

她其实在为女儿担心，我想。也许她以自己的方式在爱着安德蕾，问题在于：以哪种方式？各人有各人的方式，我们人人都爱着她。

瀑布在我们耳边轰鸣。卡拉尔夫人停住脚步。

“我果然想得没错！”

在一棵树下，一丛秋水仙旁，我发现了安德蕾的裙子、绿腰带和粗布衬衣。卡拉尔夫人走到河边。

“安德蕾！”

瀑布下方有个东西在动。安德蕾的脑袋露出水面。

“来呀！在水里真是太棒了！”

“请你立刻出来！”

安德蕾游到我们身边，笑容满面。

“刚吃过饭，会消化不良的！”卡拉尔夫人说。

安德蕾爬上岸。她把自己裹在一件呢子斗篷里，用别针上下扣住；头发透湿，直直地贴在脸上，把眼睛都给挡住了。

“啊，你气色真不错！”卡拉尔夫人说，语气变柔缓了，“你怎么弄干身子呢？”

“我自有办法。”

“仁慈的上帝啊，他是出于怎样的想法给了我这样一个女儿！”卡拉尔夫人说。她本来是笑着的，突然又严肃地说：

“立刻回去，你没有完成任何你应做的事。”

“我这就回去。”

卡拉尔夫人走远了。我坐在树的另一头，安德蕾重新穿上了衣服。

“啊，刚才在水里真是太舒服了！”她说。

“水是冰冷的吧。”

“瀑布砸在我背上的时候，我一开始都没法呼吸，”安德蕾说，“但感觉很棒。”

我挖出一株秋水仙，心想这种花是否真的有毒。这些有趣的花朵既带有乡土气，又很精致，赤裸裸的，就像蘑菇一样，一枝独挺地从土里钻出来。

“如果我们让桑特内家的姐妹们吞下几口秋水仙汤，你猜她们会不会断气？”我问。

“可怜的姑娘们！她们人不坏。”安德蕾说。

她走到我身边，已经穿好了裙子，系好了腰带。

“我用连体衬衣擦干了身子，”她说，“没人会发现我没穿连体衬衣，我们身上总是穿着过多的东西。”

她把湿漉漉的斗篷和皱巴巴的衬裙晾起来。

“得回到那里。”

“唉！”

“可怜的希尔维！您一定觉得无聊吧。”她笑着对我说，“既然野餐已经结束了，希望接下来我能有一点空余时间。”

“您觉得您能设法跟我多见见面吗？”

“以这样或那样的方式见面，我会想办法的。”她果断地说。

我们沿着河岸缓缓往前走，她说：

“我收到一封帕斯卡的来信，是今天早晨收到的。”

“信写得好吗？”

“嗯。”

她用手搓着一片薄荷叶，闻了闻，露出幸福的表情。

“我妈妈要想想再做决定，他说这是个很好的信号。他还说我要有信心。”

“我也是这样想的。”

“我有信心。”安德蕾说。

我本想问她刚才为什么把香槟杯扔到地上，又怕会让她尴尬。

那天接下来的时间，安德蕾跟所有人都友好相处；我却不怎么开心。后来几天，她还是跟从前一样不自由。毫无疑问，卡拉尔夫人想方设法让我们没有单独相处的机会。发现帕斯卡来信的那一刻，她一定后悔让我来，现在她在努力弥补自己的过失。分别的日子一天天迫近，我不禁悲从中来。开学时会有玛璐的婚礼，那天早晨，我心想，安德蕾会取代她姐姐在家中和在世界上的位置，将来我只能在一场慈善义卖会和一场葬礼的间隙，偷偷地瞥她一眼。还有两天就要动身离开了，那天我跟往常一样走到花园里，其他人还在沉睡。夏天奄奄一息，灌木丛像被染红了一般，而花楸树的小红果逐渐转成了黄色；在清晨呼出的白色气息映衬下，秋天的古铜色更显炽热，这是我喜欢的景象：树木挺立在晨雾弥漫的草地上，如火焰升腾，光辉耀眼。花园里的小径被修整过，再也没有野花杂生其中。我忧伤地沿着小径往前走，似乎听到了一些音乐，于是朝着音乐的方向前行，是小提琴的声音。花园尽头，在一丛松树后面，安德蕾在拉小提琴。她穿着蓝色针织连衣裙，外面搭了一件旧披肩，正专注地倾听抵在肩头的乐器，仿佛陷入冥思。她那一头美丽的黑发露出洁白动人的边分线，让人忍不住想要温柔而敬重地用指尖抚过。我的目光跟随琴弓起伏，就这样过了好一会儿，我看着她，心想："她是多么孤单啊！"

最后一个音符消逝在空中，我走上前，松针在我脚底咯吱作响。

"啊！"安德蕾说，"您听到我拉琴了？在屋里能听到吗？"

"听不到，"我说，"我散步经过这里。您演奏得可真好！"

安德蕾叹了口气。

"要是能有一点时间练琴就好了！"

“您经常有机会像这样露天演奏吗？”

“没有，但最近这几天我太想拉琴了！我不想被那些人听到。”

安德蕾把琴放进它的“小棺材”里。

“我得赶在妈妈下楼之前回去，否则她会觉得我疯了，无助于解决我的事情。”

“您要把小提琴带到桑特内家吗？”在回屋的路上我问她。

“当然不带！啊，去他们家，真是恐怖！”她接着说，“在这儿，至少是在我自己家。”

“您真的必须要去吗？”

“我不想因为鸡毛蒜皮的事情跟妈妈闹翻，”她说，“尤其是现在。”

“我明白。”我说。

安德蕾回到屋里，我拿着一本书坐在草地上。过了一会儿，我瞥见她在和桑特内家的姐妹们剪玫瑰。接着她去柴房劈柴，传来斧头的一声声闷响。太阳升到空中，我百无聊赖地看着书。我不再相信卡拉尔夫人会做出有利于安德蕾的决定。安德蕾跟她姐姐一样，只有一份不太丰厚的嫁妆，但她比玛璐漂亮和优秀很多，她母亲也许对她怀有很高的期望。突然，传来一声尖叫：是安德蕾。

我奔向柴房。卡拉尔夫人弯腰对着她。安德蕾躺在木屑里，闭着眼，一只脚在流血。斧头刃上点点鲜红。

“玛璐，快把你的药箱拿下来，安德蕾受伤了！”卡拉尔夫人大喊道。她让我去给医生打电话。我回来时，玛璐正在给安德蕾的脚缠绷带，她母亲在给她闻嗅盐。她睁开眼。

“斧头从我手里掉下来了！”她嗫嚅道。

“没伤到骨头，”玛璐说，“伤口很深，好在骨头没伤到。”

安德蕾有点发烧，医生认为她过于疲劳，叮嘱她多休息一段时间。总之，她的脚十来天内是无法正常活动了。

当晚我去看她，虽然很虚弱，她还是对我露出一个灿烂的笑容。

“直到假期结束我都要一直待在床上！”她以胜利的口吻对我说。

“您痛不痛？”我问。

“不太痛！”她说，“即使比这痛十倍，也好过去桑特内家。”她以调皮的表情看着我说，“这就是所谓天意使然的意外！”

我打量着她，心里迷雾重重。

“安德蕾，您总不会是故意受的伤吧？”

“我总不能指望天意会眷顾如此小事。”她开心地说。

“您哪里来的勇气！可能一不小心就把腿劈断了！”

安德蕾倒下去，把头靠在枕头上。

“我受不了了。”她说。

她默默地盯着天花板。面对她苍白的面孔、呆滞的眼神，我心里产生一股熟悉的恐惧感。抡起斧头，砍伤自己：这样的事情我永远不可能做得出来；光是想一想，我的血都要凝固了。让我感到恐惧的是她在那一刻的所思所想。

“您母亲有所怀疑吗？”

“应该没有，”安德蕾又坐起来，“我跟您说过，为了得到安宁，我会想办法的，无论是哪种办法。”

“您之前就想好这样做了吗？”

“我是想好了要做点什么。用斧子的念头是今天上午剪玫瑰时冒出来的。我一开始打算用修枝剪，但剪刀可能不够分量。”

“您让我感到害怕。”我说。

安德蕾开怀大笑。

“为什么？那一斧头成功了，伤得又不深，”她接着说，“我要跟妈妈说留您住到月底，您愿意吗？”

“她不会同意的。”

“请让我跟她说说看！”

不知卡拉尔夫人是因为猜到了真相感到悔恨和害怕，还是医生的诊断让她忧虑不安，总之，她接受了请求，同意留我在贝塔里陪伴安德蕾。玛璐和桑特内家的人走了，里维埃尔·德·博内伊家族的人也在同一时间离开了，房子突然变得很安静。安德蕾有了自己的房间，我在她床头一待就是几个小时。一天上午，她对我说：

“昨晚我跟妈妈长谈一番，谈帕斯卡。”

“结果呢？”

安德蕾点燃一支烟，每当她紧张的时候就会抽烟。

“她跟爸爸谈过了。按理说他们对帕斯卡挑不出什么毛病。您把他带到我家来的那天，他甚至给我父母留下了不错的印象，”安德蕾跟我四目相对，“只不过我了解妈妈，她不认识帕斯卡，怀疑帕斯卡是否对我真心实意。”

“她不会反对你们结婚吧？”我满怀希望地问道。

“不会。”

“那不就行了！这是最重要的，”我说，“您不开心吗？”

安德蕾抽了一口烟。

“两三年内不可能谈婚论嫁……”

“我知道。”

“妈妈说我们必须正式订婚才行，否则我不可以见帕斯卡。她要把我送到英国，切断我跟他的联系。”

“那你们订婚就行了，”我热切地说，“的确，您从来没有跟帕斯卡聊过这个话题，但您想想也知道，他不可能就这样让您走，一走就是两年！”

“我不能强迫他跟我订婚！”安德蕾激动地说，“他让我要有耐心，他说他需要时间来看清楚自己，我不会一边投怀送抱一边喊着‘我们订婚吧’！”

“您不需要投怀送抱，您只需要把情况跟他讲清楚。”

“这是在逼他。”

“这不是您的错！您也是没有办法。”

安德蕾在心里挣扎了很久，最终被我说服，决定跟帕斯卡谈一谈，只是不愿通过写信的方式，她告诉母亲一开学就会找帕斯卡聊一下。卡拉尔夫人同意了，她这段时间总是笑眯眯的，也许她心里想着“两个女儿都安顿好了”，待我都有几分亲切了。每当她整理安德蕾的枕头、帮安德蕾套上护肩时，她的眼里时常有某种东西一闪而过，让我想起她年轻时那张照片上的样子。

安德蕾以半开玩笑的口吻跟帕斯卡讲起自己受伤的经过。他寄来两封信，在信里忧心忡忡。他说需要让一个头脑理智的人照看她，也说了一些其他事，不过安德蕾没有告诉我。但我明白她不再怀疑他的感情了。有了良好的休息和睡眠，她气色变好，甚至长胖了一些。有一天她终于能下床活动了，我从来没见过她那么生机勃勃的样子。

她走路有些不稳，去哪儿都颇为费劲。卡拉尔先生把雪铁龙汽车借给我们一整天。我很少坐汽车，更不用说坐汽车兜风，这是从未有过的经历。汽车飞驰在林荫大道上，车窗全都降下来了，我坐在安德蕾身边，那一刻我简直心花怒放。我们沿着一条笔直的公路穿越朗德森林，路两边的松树急速后退，路的尽头遥遥通往天空。安德蕾开得很快，指针指向时速八十公里！虽然她车技不错，我还是有些担心。

“您不会让我俩死在这里吧？”我说。

“当然不会！”安德蕾露出幸福的微笑，“现在我一点都不想死了。”

“之前想过？”

“哦，是的！每晚入睡的时候我都希望不要醒过来。现在，我向上天祈祷，让我一直活着吧。”她欢快地说。

驶离公路，绕过欧石楠丛环绕的静谧池塘，我们来到海边，在一家僻静的旅馆吃了午饭。夏季接近尾声，海滩冷冷清清，度假别墅都紧闭着大门。在巴约讷[1]，我们给双胞胎姐妹买了五颜六色的牛轧糖，慢悠悠地在教堂回廊散步，一人吃了一块糖。安德蕾靠在我肩膀上，我们聊起西班牙和意大利的一些修道院，约好将来一起去看看。我们也谈起那些更遥远的国度，梦想伟大的旅行。回到车里之后，我指着她那只裹着绷带的脚说：

1　巴约讷（Bayonne）：位于法国阿基坦大区大西洋岸比利牛斯省阿杜尔河与尼夫河交汇处的一座城市。

“我永远理解不了您怎么会有这股勇气的！”

“如果您也像我一样，觉得自己被围捕，您也会有这股勇气的！”她摸着太阳穴，“那段时间我整天头疼，疼得受不了。”

“现在不疼了吗？”

“好多了。那会儿夜里经常睡不着，我吞服了大量的补脑剂和可乐果粉。”

“您不会再这样了吧？”

“不会了。开学后直到玛璐的婚礼，会是难熬的两周，但我现在有足够的力量去应付。”

沿着阿杜尔河畔的一条小路，我们重新抵达森林。卡拉尔夫人还是想方设法地给安德蕾安排了任务：她需要去见一位怀孕的年轻农妇，把里维埃尔·德·博内伊夫人织的婴儿衣服给送去。安德蕾把车停在松树环绕的一块空地上。我习惯了萨德纳克的农场、堆肥和流淌的粪水，森林深处的这座农庄却如此优雅，大大出乎我的意料。年轻农妇请我们喝桃红酒，这是她公公亲手酿的。她打开衣橱，请我们欣赏带有刺绣的床单，一股迷人的薰衣草和草木樨香味散发出来。一个十月大的婴儿在摇篮里咯咯直笑，安德蕾用她的金制圣牌逗他玩——她总是很喜欢小孩子。

“他这么小，就能一直醒着玩！”安德蕾说。

从她的嘴里说出来，陈词滥调便褪去了俗气，因为她的嗓音和眼中的笑意如此真诚。

“这一个也不睡。”年轻农妇一边摸着肚子一边开心地说。

她有着跟安德蕾一样的棕色头发与褐色肌肤，也有着同样的宽肩，腿有点短，尽管已经到了孕晚期，姿态仍很优雅。“安德蕾怀孕的时候也会是这副模样。”我心想。这还是第一次，我毫不厌烦地想象安德蕾成为妻子和母亲时的样子。到时候，在她身边会有泛着光泽的漂亮家具，如同这里的一样；在她家里，我们都会觉得很愉快。但她不会花费大量时间去擦亮铜器或用羊皮纸盖住果酱瓶；她会拉小提琴，而且我暗地里坚信她一定会写书：她总是那么热爱阅读和写作。

“幸福跟她多么相称啊！”当她跟年轻农妇谈论即将出生的婴儿和正在出牙期的宝宝时，我不禁这样想。

“今天真是美好的一天！”一个小时之后，当汽车停在百日草丛前的时候，我说。

“是的。”安德蕾说。

我可以肯定，她对未来也有过憧憬。

***

卡拉尔一家因为要操持玛璐的婚礼，在我之前就回到了巴黎。我一到巴黎就给安德蕾打了电话，约好第二天见面。她似乎是急匆匆地挂了电话，我不喜欢对着电话机跟她聊天，于是什么都没问。

我在香榭丽舍公园的都德雕像前等她。她迟到了一会儿，我立刻觉得有哪儿不对劲：她坐到我身边，甚至都没有对我微笑一下。我焦虑地问她：

“是不是出什么事了？”

“是的，”她有气无力地说，“帕斯卡不愿意。”

“不愿意什么？”

“订婚。他不愿意现在就订婚。”

“所以？”

“所以等玛璐的婚礼一结束，妈妈就会送我去剑桥。”

“真是荒唐！”我说，“怎么可能！帕斯卡不会放您走的！”

“他说我们可以通信，他争取来看我一次，两年时间也不算长。”安德蕾波澜不惊地说着，仿佛是在背一本教理书，而书上的内容她根本不信。

“可这是为什么呢？”我说。

平时，每当安德蕾向我转述跟别人的谈话时，都表述得非常清晰，就好像我自己亲耳所闻。而这一次，她无精打采，语无伦次。帕斯卡重新见到她的那一刻似乎很感动，说他爱她，但一听到“订婚”两个字，脸色骤变。不，他激动地说，不！他父亲永远不能接受他这么早订婚。布隆代尔先生为帕斯卡付出了那么多心血，他有权希望儿子全身心投入学业，为教师资格考试做准备：在他眼中，一桩情事会让儿子分心。我知道帕斯卡很尊重父亲，也能理解他的第一反应是害怕伤害到父亲，但他已经知道卡拉尔夫人不会让步，怎么还如此看重父亲的意思呢？

“去英国会让您过得不幸福，他察觉到这一点了吗？”

“我不知道。”

“您跟他讲了吗？”

“稍微说了说。”

“您应该坚持。我敢肯定您没有真的试着争论。”

“他看上去像是被围捕了，”安德蕾说，“我知道那种被围捕的感觉！”

她声音颤抖着，我明白她几乎没有听帕斯卡的辩解，也没有尝试反驳他。

“还来得及抗争。”我说。

“我应该把自己的生命用来反抗那些我爱的人吗？”

她言辞那么激烈，我不再坚持。

我想了想说：

“要是帕斯卡跟您母亲说明一下原因呢？”

“我已经跟妈妈提过建议了，这样做她也不满意。她说如果帕斯卡真有娶我的意思，会把我介绍给他的家人。既然他不愿意这样做，那只能一刀两断了。妈妈说了一些奇怪的话。”安德蕾说。

她神思恍惚了一会儿。

“她对我说：‘我了解你。你是我女儿，是我身上的肉。你还不够强大，我不能就这样让你面对诱惑。如果你屈从诱惑的话，罪孽很可能会再次降临在我身上。'"

她疑惑不解地看着我，似乎希望我能帮她找出这些话中隐藏的意思。但现在，我完全不在乎卡拉尔夫人的内心戏。安德蕾逆来顺受，这让我焦躁不安。

"要是您不肯走呢？"我说。

"不肯？怎么可能？"

"总不能把您押到船上去。"

"我可以把自己锁在房间里绝食，"安德蕾说，"然后呢？妈妈会去找帕斯卡的父亲说明情况……"安德蕾用手捂住脸，"我不愿把妈妈想成敌人！这太恐怖了！"

"我来找帕斯卡聊一聊，"我坚定地说，"您没能好好跟他说。"

"您会白费力气的。"

"让我试试。"

"那就试吧，您会白费力气的。"

安德蕾冷峻地看着都德雕像，但她的眼睛盯着其他东西，而非这座了无生气的大理石制品。

"上帝跟我作对。"她说。

听到这句渎神的话，我微微颤抖，仿佛自己是位信徒。

“帕斯卡恐怕会说您这是在渎神，”我说，“如果上帝存在的话，他不会跟任何人作对。”

“谁知道呢？谁能理解上帝是什么？”她耸了耸肩，“哦！也许他为我在天堂预留了一个好位置，但在这个世间，他跟我作对。”

“然而，”她激动地说，“有些人上天堂了，他们当初在人间的时候也很幸福！”

突然她开始哭泣。

“我不想走！整整两年远离帕斯卡，远离妈妈，远离您，我受不了！”

从来没有过，即使在跟贝尔纳分手的时候，我也没见她哭过。我本想握住她的手，向她表示点什么，但我被囚禁在我们严肃的过往中，动弹不得。我想起她在贝塔里城堡屋顶上度过的那两个小时，当时她犹豫着要不要跳下去，此刻她的内心跟那时候一样，漆黑一片。

“安德蕾，”我说，“您不会走的。我不可能说服不了帕斯卡。”

她擦干眼泪，看了看表，站起身。

“您会白费力气的。”她又说了一遍。

我相信不会的。当晚我给帕斯卡打电话时，他的声音亲切而愉快。他爱着安德蕾，又是个明晓事理的人。安德蕾之所以失败是因为她甘拜下风，而我不一样，我想要成功，我一定会说服他的。

帕斯卡在卢森堡公园的露天座椅上等我，每次见面他总是第一个到。我坐下来，彼此寒暄了一会儿，交口称赞天气不错。水池里漂浮着玩具帆船，四周花圃环绕，边边角角处仿佛装点着刺绣。花圃的形状规则有序，天空纯净透彻，一切都让我更加确信：即将借我之口发言的是常理，是实情。帕斯卡非得让步不可。我先开口：

“我见到安德蕾了，昨天下午见的。”

帕斯卡心领神会地看着我。

“我也正想跟您谈一谈安德蕾。希尔维，您得帮我。”

这句话跟从前卡拉尔夫人跟我说的一模一样。

“不！”我说，“我不会帮您说服安德蕾去英国的。她不应该走！她没有告诉您这个计划多么令她恐惧，但我知道。”

“她告诉过我了，”帕斯卡说，“所以我才请求您帮我：

她需要明白，分开两年没什么可怕的。”

“对她而言，很可怕，”我说，“她要告别的不仅是您，还是她的整个生活。我从来没见过她如此痛苦，”我怒气冲冲地接着说，“您不能这样折磨她！”

“您了解安德蕾，”帕斯卡说，“您知道她总是在一开始把事情想得很严重，之后，她的内心会逐渐平静下来。”他接着说，“如果安德蕾同意走，对我的爱深信不疑，对未来信心十足，离别就没有那么糟糕！”

“如果您就这样让她走，她怎么能对您深信不疑，怎么能对未来有信心！”我惊愕、沮丧地看着他，“总之，她是获得圆满的幸福，还是深受痛苦的打击，这取决于您，而您选择让她痛苦！”

“啊！您真会把事情简单化。”帕斯卡说。一个小女孩把铁环扔到他腿上，他拿起铁环，敏捷地扔了回去。

“幸福还是不幸，这首先跟人的性情倾向有关。”

“就安德蕾的性情而言，她会整日以泪洗面，”我恼火地接着说，“她没有您那样一颗理智的心！她如果爱着什么人，就需要见到他们。”

“为什么我们要以爱之名胡思乱想呢？”帕斯卡说，

“我厌恶这些浪漫的成见。”他耸了耸肩，“‘在场’并不是那么重要，就这个词的生理意义而言。或者说，‘在场’被看得过于重要了。”

“也许安德蕾过于浪漫，也许她错了，但如果您爱她的话，就应该试着去理解她。您一味跟她讲道理是改变不了她的。”

我不安地看着花坛里的天芥菜和鼠尾草，突然想到：“我这样讲道理也是改变不了帕斯卡的。”

“您为什么这么害怕告诉您父亲？”我问。

“不是因为害怕。”帕斯卡说。

“那是为什么？”

“我已经跟安德蕾解释过了。”

“她完全不理解。”

“要理解的话，需要了解我父亲，了解我跟他的关系，”帕斯卡说，他责怪地看了我一眼，“希尔维，您知道我爱安德蕾，对不对？”

“我知道您为了不让您父亲有丝毫的烦恼，而让安德蕾陷入绝境。得了吧！”我不耐烦地说，“他应该料到您总有一天会结婚的！”

“他会觉得我这么早就订婚太荒唐了，会对安德蕾产生不良印象，也会不再那么器重我，”帕斯卡再一次直视我，“相信我！我爱安德蕾。要拒绝她对我提出的要求，我必须十足理性才行。”

“我看不出您理性在哪儿。”我说。

帕斯卡一时词穷，然后做出一个无奈的姿势。

“我父亲年事已高，精力透支，衰老真是可悲！”他动情地说。

“至少试着去跟他说明一下情况！让他感觉到安德蕾承受不了远走他乡。”

“他会跟我说，人能够承受一切，”帕斯卡说，“您知道，他自己也承受了很多。我敢肯定他会认为这次离别是恰当的。”

“为什么？”我说。

我感受到了帕斯卡的固执，这种固执让我开始有些害怕。然而，我们的头顶上只有一片天空，只有一个唯一的事实。突然灵光一现，我问他：

“您跟您姐姐说过了吗？”

“我姐姐？没有。怎么了？”

“跟她谈一下，也许她能想办法让您父亲了解整件事情。”

帕斯卡一阵缄默。

“要是我订婚的话，她会比父亲更受震动。”他说。

我想起了爱玛，想起她那宽阔的额头、白领海蓝色连衣裙，以及她跟帕斯卡说话时那副“你归我所有”的表情。爱玛当然不是同盟。

“啊！”我说，“您害怕的是爱玛吧？”

“您为什么不肯试着去理解？”帕斯卡说，“我不想让父亲和爱玛难过，他们为我付出那么多，我觉得我这样做很正常。”

“爱玛总不会还打算让您从事神职吧？”

“并没有，”他迟疑着说，“变老不是件快乐的事，和一个老年人生活在一起也不是件快乐的事。如果我离开家，姐姐待在家里会很不好受。”

是的，我能理解爱玛的想法，布隆代尔先生的想法反倒没那么容易理解。我琢磨着帕斯卡是不是因为姐姐才隐瞒自己的爱情生活。

“您早晚要离开家的，他们应该接受这一现实！”我说。

“我只请求安德蕾耐心等两年，”帕斯卡说，“到那时我父亲会觉得我想要结婚是很正常的，而爱玛也会逐渐适应这一点。现在就提出来，她会心碎的。”

“对安德蕾来说，这场离别会让她心碎。如果必须有一个人受苦，为什么偏偏是她？”

“安德蕾和我，我们有长远的未来，也有信心今后能过得幸福。我们可以为那些一无所有的人牺牲片刻。”帕斯卡有些恼火地说。

“她会比您更痛苦，”我说，我生气地瞪了帕斯卡一眼，“她很年轻，是的，这意味着她热血沸腾，她想要生活……”

帕斯卡点点头。

“这也正是为什么我们最好分开一段时间。”他说。

我愣住了。

“我不懂。”我说。

“希尔维，在某些方面，您比实际年龄要小，”他说话的语气像从前多米尼克神父听我告解时的语气，“再者您不信教，有些问题您不知道。”

“比方说？”

“未婚夫妻之间的亲密关系，对于基督徒来说不容易面对。安德蕾是一个真正的女人，一个有着血肉之躯的女人。即使我们不屈从于诱惑，诱惑也总是不停挑逗着我们：这种萦绕不去的念头本身就是罪孽。”

我感觉自己脸红了。我没有预料到，也厌恶去思考这个问题。

“既然安德蕾准备冒这个险，您无权替她做决定。”我说。

“不对，我必须保护她，不能让她由着自己。安德蕾那么宽宏无私，为了爱情她甘愿下地狱。”

“可怜的安德蕾！所有人都想拯救她，可她那么想在尘世间稍微获得一点幸福！”

“安德蕾比我更有罪恶感，”帕斯卡说，“我见过她因为一件天真的童年往事悔恨交加。如果我们的关系变得不太稳定，她是不会原谅自己的。”

我感觉自己就要输了，情急之下，我鼓足勇气说：“帕斯卡，听着，我刚和安德蕾在一起过了一个月，她已经心力交瘁了。虽然身体好了一点，但她会再次厌食和失眠，最后肯定要病倒。她精神上也快支撑不住了，您想想，她该是在怎样的状态下用斧头劈自己的脚？”

我一口气概括了安德蕾五年来的生命历程。在跟贝尔纳分手时，她心碎痛苦；发现了她生活其中的这个世界真相是什么，她失望不已；为了能按照自己的心意生活，她跟母亲抗争。她所取得的所有胜利都被悔恨感所败坏，即使怀有最微小的欲望，她都觉得可能有罪。讲着讲着，我隐约瞥见安德蕾从未向我展露的深渊，即使她的有些话已经向我表明了。我有些害怕，觉得帕斯卡应该也被吓到了。

“这五年来的每天晚上她都想死，”我说，“有一天她绝望至极，对我说：‘上帝跟我作对！’”

帕斯卡摇摇头，面不改色。

“我跟您同样了解安德蕾，”他说，“甚至比您更了解，因为能在一些您无法触及的层面关注她。虽然她历经劫难，但您所不知道的是，上帝根据施加的考验来施与恩典。安德蕾的一些欢乐与慰藉是您想象不到的。”

我输了。我起身离开了帕斯卡，走的时候耷拉着脑袋。天空带着欺骗的色彩。其他论点在我脑海中闪现，但无济于事。真奇怪。我们俩有过上百次论辩，每次都是一方说服了另一方。今天，我们的争论涉及某种现实的东西，在自己认定确凿无疑的事实面前，对方的论辩全无说服力。接下来的几天，我时常思忖帕斯卡的真正动机是什么。是他父亲，还是爱玛让他畏首畏尾？他难道相信诱惑、罪孽这类说辞？还是说，所有这一切都只是借口？他是否厌恶现在就开始过一种成年人的生活？要是卡拉尔夫人不要求现在订婚，就什么问题都没有了！帕斯卡会在这两年从容不迫地跟安德蕾交往，他会相信这份爱情是严肃的，会接受自己成为男人这一念头。尽管如此，我还是对他的固执己见感到恼火。我埋怨卡拉尔夫人，埋怨帕斯卡，也埋怨我自己，因为安德蕾身上有太多的东西我不了解，我无法真正帮助她。

三天后，安德蕾终于又能挤出点时间，约我在春天百货的茶馆见面。在我周围，一些浑身散发着香水味的女子正吃着点心，谈论物价。从出生之日起，安德蕾就注定要长成这些女人的样子，然而她并不像她们。我琢磨着要跟她说些什么，可我都没能找到安慰自己的话。

安德蕾急匆匆地走过来。

“我迟到了！”

“没关系。”

她经常迟到，并非因为她无所顾忌，而是因为她彼此相悖的顾忌太多。

“抱歉把您约在这里，没办法，我时间太紧了。”说着，她把包和一堆样品放在桌上。

“我已经逛了四家店了！”

“这都什么事儿呀！”我说。

我知道，又是老一套。每当妹妹们需要一件大衣或一条裙子时，安德蕾就要走遍几家大商场和专门的服装店，把布料样品带回家。征求全家人的意见之后，卡拉尔夫人会根据性价比选中一块布料。这一次，要缝制的是婚礼上的礼服，更不可能轻易地做决定。

“可您父母也不差一百法郎。”我不耐烦地说。

“是的，但他们觉得钱不是用来浪费的。”安德蕾说。

这不会是浪费，我心想，不考虑省这点钱，安德蕾就不用那么疲惫，不用把精力耗费在复杂无聊的购物中。她有明显的黑眼圈，脂粉从她雪白的皮肤上脱落了。然而，完全出乎我意料，她微笑着说：

“这款蓝色丝绸，双胞胎妹妹穿在身上一定会很漂亮。”

我漫不经心地表示同意。

“您看上去很疲惫。”我说。

“逛大商场总是让我头痛，我要吃一片阿司匹林。”

她点了一杯水和一杯茶。

“这么频繁地头痛，您应该去看医生。”

“哦，这只是偏头痛而已。一会儿疼，一会儿不疼，我已经习惯了。”安德蕾边说边把两片药放进水杯里溶解。她喝了水，重新露出笑容。

“帕斯卡把你们的谈话告诉我了，”她说，“他有点难过，觉得您把他想得很坏。”她一脸严肃地看着我说，“不可以！”

“我没有把他想得很坏。”我说。

我没有选择的余地。既然安德蕾必须要走，最好让她对帕斯卡抱有信心。

“确实，我总是把事情想得很严重，”她说，“我想我会承受不住，但其实，人总是能承受住。”

她紧张得一会儿交叉手指，一会儿松开手指，但脸上很平静。

“我所有的不幸，都源于我缺乏足够的信任感，”她接着说，“我必须相信妈妈、相信帕斯卡、相信上帝，那样的话，我就会觉得他们并不讨厌彼此，也没有谁想要让我受苦。”

她似乎在讲给自己，而非讲给我听，这跟她平时很不一样。

“是的，”我说，“您知道帕斯卡爱您，最终你们一定会结婚的，所以这两年并不太长……”

“我离开更好，”她说，“他们说得对，我十分清楚。我十分清楚肉身是罪孽，因此要避开肉身。让我们鼓起勇气来面对现实吧。”安德蕾接着说。

我无言以对，然后问她：

“您在那儿会比较自由吧？会有自己的时间吗？”

“我会上几门课，会有很多时间，”安德蕾说，她呷了一口茶，双手放松下来，“从这方面来说，去英国是件好事。要是待在巴黎，生活会很恐怖。到了剑桥，我能稍微喘口气。”

“一定要好好睡觉，好好吃饭。”我说。

“别怕，我会保持理智的。我想努力学习，”安德蕾精神抖擞地说，“我要读英国诗歌，有些诗写得真美。也许我还会试着翻译点东西。还有一件事我特别想做，就是研究英国小说。我觉得关于小说还有很多可说的东西，有一些东西还从来没有人说过。”她微笑着说，“我还没有理好思绪，但这两天我脑袋里冒出来一大堆想法。”

“您跟我讲讲吧。”

“我是想跟您讲讲，”安德蕾将茶一饮而尽，“下次，我想办法多挤出点时间。这次真是抱歉，劳烦您过来，就只聊了五分钟，我只是想当面告诉您不要再为我担心。我已经明白事情就该是这样的。”

出了茶馆，我们在一家甜食铺的柜台前分手。她送给我一个大大的鼓舞人心的微笑：

“到时候我给您打电话！再见！”

***

后来的事情，我是从帕斯卡口中得知的。当时的场景，我反复请他告诉我，不放过任何一个细节，最后我简直分不清这是我自己的回忆还是他的转述。那是在茶馆见面的两天后，黄昏将至，布隆代尔先生正在书房里批改作业，爱玛在择菜，帕斯卡还没回来。门铃响了。爱玛擦干手去开门。在她面前站着一位棕色头发的年轻姑娘，穿一身得体的灰色套装，但没有戴帽子，这在当时很不合规矩。

“我想拜见布隆代尔先生。”安德蕾说。

爱玛以为这是父亲从前的某位学生，便领着安德蕾来到书房。布隆代尔先生惊讶地看着一位年轻的陌生女子走到他面前，伸出手。

“您好，先生。我是安德蕾·卡拉尔。”

“抱歉，”他边说边跟她握手，“我不记得您……”

她坐下来，随随便便跷起了二郎腿。

“帕斯卡没有跟您说起过我吗？”

“啊，您是帕斯卡的同学？”布隆代尔先生说。

“不是同学。”她说。

她环顾四周。

“他不在家？”

“不在……”

“他在哪儿？”她不安地问，“难道他已经在天堂了吗？”

布隆代尔先生仔细打量着她：她面颊通红，显然在发烧。

“他一会儿就回来了。”他说。

“没关系，我来这里要见的人是您。”安德蕾说。

她打了个冷噤。

“您这样看着我，是想看我脸上有没有罪孽的标记吗？我向您发誓，我不是罪人。我一直在抗争，一直在抗争。”她激动地说。

“您看上去是一位好姑娘。”布隆代尔先生含糊其词，他开始觉得不耐烦了。再者，他还有些耳背。

“我不是一个圣人，”她说，用手扶着额头，“我不是一个圣人，但我不会伤害帕斯卡。求求您，不要强迫我离开！”

“离开？去哪里？”

“您不知道，如果您强迫我离开的话，妈妈要送我到英国去。”

“我不强迫您，”布隆代尔先生说，“这是个误会。”说完这句话，他松了一口气，又说了一遍，“这是个误会。”

“我会操持家务，”安德蕾说，“一定能照顾好帕斯卡，他什么都不会缺的。我不喜欢参加社交活动。要是有点空余时间，我就拉拉小提琴，见见希尔维，其他的我什么都不需要。”

她焦虑地看着布隆代尔先生。

“您不觉得我很理智吗？”

“非常理智。”

“那您为什么反对我？”

“姑娘，我再说一次，这是个误会。我不反对您。”布隆代尔先生说。

他对整件事一头雾水，但这位脸颊烧得通红的年轻姑娘让他心生怜悯。他想要让她安心，耐着性子跟她讲话。安德蕾的脸色渐渐柔缓下来。

“真的吗？”

“我向您保证。”

“那您不会反对我们生孩子吧？”

“当然不会。”

“七个孩子太多了，”安德蕾说，“肯定会有废物，三四个正好。”

“也许您可以跟我讲讲您的故事。”

“好的。”安德蕾说。

她思忖片刻后说：

“我以为我会有离开的力量，我以为我会有。可今天早晨，当我醒来时，我意识到我做不到，所以我是来求您可怜可怜我的。”

“我不是您的敌人，”布隆代尔先生说，“请接着讲。”

她继续讲，有时前言不搭后语。帕斯卡在门外听到她的声音，大吃一惊。

“安德蕾！”他进了书房，责备地喊道。但他父亲示意让他打住。

“卡拉尔小姐有话要跟我讲，我也很高兴认识她，”他说，“只是她太疲惫了，还发着烧。你把她送回到她妈妈身边。”

帕斯卡走到安德蕾面前，握住她的手。

“是的，您在发烧。”他说。

“没事的，我很开心，您父亲不讨厌我！”

帕斯卡抚摸着安德蕾的头发。

“等我一下，我去叫辆出租车。”

他父亲跟着他来到门厅，告诉他安德蕾来访的经过。

“你怎么没跟我说起过？”他责备地问。

“我错了。”帕斯卡说。

他突然感觉有某种陌生、残酷、无法忍受的东西涌上喉头。安德蕾闭上了眼睛。他们默默地等着出租车。他搀扶着她下楼。在车里，她把头靠在他肩上。

“帕斯卡，为什么您从来不吻我呢？”

他吻了她。

帕斯卡把事情的来龙去脉简要地告诉了卡拉尔夫人，两个人一起坐在安德蕾床头。“你不用离开，一切都安排好了。”卡拉尔夫人说。安德蕾笑了。

“应该点一支香槟。”她说。

然后她陷入谵妄。医生开了一些镇静剂。他提到脑膜炎、脑炎，但没有做明确诊断。

卡拉尔夫人给我寄来一封气传快信[1]，告诉我安德蕾整夜都处在谵妄中。医生们宣称应该将她隔离起来，她被送到圣日耳曼昂莱的一家诊所。诊所的人想尽一切办法给她

1　气传快信：通过气动传输管道发送的信件。这种邮件传输方式由苏格兰人在 1830 年发明，巴黎曾拥有世界上最庞大的气动管道网络。

降温。整整三天，她由一位护士看护。

“我想要帕斯卡、希尔维、我的小提琴、香槟。”在一片胡言乱语中，她反复念叨着这句话。高烧一直不退。

第四天夜里，卡拉尔夫人来看护她。到了早晨，安德蕾认出了母亲。

“我要死了吗？”她问，“我不该在婚礼之前死去。妹妹们穿着那身蓝色丝绸礼服该多漂亮呀！”

她虚弱到极点，几乎无法言语，说了几次“我会把婚礼搞砸！我把什么都搞砸了！我给您带来的只有麻烦！”这种话。

过了一会儿，她握住母亲的手。

“不要难过，”她说，“每家每户都有废物，我们家的废物就是我。”

她也许还说了其他话，但卡拉尔夫人没有告诉帕斯卡。快到十点的时候，我给诊所打了个电话，电话那头传来声音：“人已经没了。”医生们一直没有给出明确诊断。

我在诊所的小教堂重新见到了安德蕾。她躺在蜡烛和鲜花中间，身上套一件平时穿的粗布长睡衣；头发变长了，发绺硬直地垂在脸旁，脸色蜡黄，脸颊凹陷，我几乎认不出她的面孔；带有惨白长指甲的双手交叉放在十字架上，仿佛古老木乃伊的手那样易碎。

她被安葬在贝塔里的小墓地里，依傍着祖先的尘埃。卡拉尔夫人抽泣着。“我们只是上帝手里的工具。”卡拉尔先生对她说。坟墓上覆着一些白花。

我模糊地意识到安德蕾是因这种白色窒息而亡。坐火车之前，我在那些洁白的鲜花上放了三朵红玫瑰。

译后记

“女人不是天生的，而是后天形成的。”这是波伏瓦在《第二性》中的著名论断。作为二十世纪最重要的女性主义作家之一、无数女权斗士心中的教母、萨特的终身自由伴侣，波伏瓦似乎代表了世人眼中法国女性的形象：独立自主，追求个性解放与自我实现。但其实独立自主的“法国女人”也不是天生的，而是后天形成的，确切地说是二十世纪历次女性解放运动造就的产物。

《形影不离》这部小说的故事发生在百年前的法国，跟同时期的中国相比，女性似乎并不享有更多自由：未婚女子的生活充满禁忌，夜里不能独自出门，无法单独跟男性约会，即使已经订婚，跟未婚夫也不能有过于亲密的举动。中产阶级家庭的女儿若接受高等教育则被视为走上邪路；找一个门当户对的男子结婚，繁衍后代，为家庭奉献自我才是她们的人生使命。在这样的社会环境下，难免出现小说中的悲剧：一位花季少女因为礼教束缚，热烈追求爱情而不得，最终郁郁寡欢而死。

这本书的手稿波伏瓦生前没有发表，甚至没有给它命名，我们大可以认为在她的整个创作生涯中这本书不重要，然而恰恰相反。波伏瓦曾说，她之所以写书，写那些让她得以成名的书，都是为了能够讲述自己的少女时代，毕竟谁愿意去关注一个无名之辈的成长往事？甚至，当她还是一名少女时就暗下决心，日后一定要将这段人生写出来。[1]波伏瓦少女时期的密友扎扎（书中的“安德蕾”）在二十出头的年纪猝然离世，跟她一同埋葬的是波伏瓦的整个少女时代。我们有理由相信，正是由于这个故事对波伏瓦极端重要，她才十分谨慎，没有轻易发表，而是选择两年后用回忆录的形式再次讲述。

小说创作于一九五四年，这一年波伏瓦四十六岁，正值生命与事业的巅峰。她终于有足够的声望资本来诉说生

1　见 1967 年 3 月 28 日加拿大电台纪录片《资料》（*Dossier*）波伏瓦口述。

命中最刻骨铭心的一段友谊，纪念逝去的友人，使其在文字中复活。她们相遇于彼此九岁那年，小说便从“我”九岁开始讲起：“九岁那年，我是个乖顺的小女孩。”“乖顺”意味着服从既定秩序，也预示着日后一切冲突乃至悲剧的发生都跟“不乖”有关系。起初，不乖的那个孩子是安德蕾。在教会学校一群循规蹈矩的女生中，她显得特立独行：不太守纪律，爱跟老师唱反调，滑稽地模仿老师的言行举止，在钢琴汇报演出中吐舌头。如同阳光照进深林、骤雨搅乱静水，安德蕾对希尔维这位班级优等生、乖乖女有着强烈的吸引力，对她的生活产生了极大影响。从此，没有安德蕾的世界不再是完整的世界，不再有让人活下去的欲望。

安德蕾，这位在学校睥睨众生、不守规矩的小姑娘，长大后面临宗教戒律与世俗礼仪的残酷夹击，她试图抗争，却发现这是一张冲不破的网、一堵过不了的墙。她被迫跟心爱的人分手，为了履行各种家庭义务而无暇顾及自己的学业与兴趣爱好。以生命激情面对秩序的倾轧，我们在小说中看到火、玫瑰、鲜血等红色意象。小说开篇，安德蕾出现在希尔维面前时，是一个被烈火舔舐过的孩子，曾因烧伤而休学。这场火仿佛一个不祥的预兆，在小说结尾，安德蕾脸烧得通红，高烧不退而死。她曾用斧头砍伤自己的脚，以鲜血淋漓的负伤来逃避没完没了的社交活动，为自己争取少许独处的空间。但几经挣扎，她终成一头困兽，世界逐渐对她关上了大门。

反观希尔维，从跟着安德蕾一起违抗学校秩序开始，一步步走向自由：先是摆脱了宗教桎梏，然后接受了高等教育，准备参加教师资格考试，她将拥有一份工作，获得经济独立，迎接她的是广阔、自由、充满无限可能的人生。是她，而不是安德蕾，在二十岁左右成了挑战世俗价值的真正叛逆者。这倒并不意味着安德蕾没有她那样的决心和勇气，只是两人面临的阻力不同：安德蕾家底丰厚；而希尔维的父亲在“一战”中破产，没有能力为她准备嫁妆和张罗婚事，只能期望她有一份职业养活自己。如果家道没有中落，希尔维会不会是另一个安德蕾？从某种意义上讲，安德蕾是希尔维原本可能的一种命运。安德蕾死了，希尔维作为幸存者活了下来。

无论希尔维还是安德蕾，始终处于矛盾力量的撕扯当中。安德蕾深爱着母亲，而母亲偏偏是自由道路上的阻碍；她渴望与心爱之人肌肤相亲，又担心自己是撒旦的帮凶，会摧毁对方的纯洁。希尔维看似已经抛弃信仰，不再相信上帝的存在，但在言行举止方面，时常以教徒的标准要求自己，看不惯身边大学生的放浪形骸。小说自始至终维持着这种叙事的张力。若屈服，是在抗争中屈服；若反抗，是在犹豫中反抗。没有谁真正乖顺，也没有谁彻底叛逆。希尔维和安德蕾的青春，正如很多人的青春那样，不是大江大河向着大海一往无前，而是滚滚岩浆在地下奔袭寻找出口。

看过波伏瓦生前影像资料的人，大概都会对她的嗓音留下深刻印象。干燥、迅疾、冷峻，毫不拖泥带水，听她讲话，仿佛置身一座由钢筋水泥与玻璃构筑的现代建筑中，那里没有温柔的花花草草，没有繁复的装饰雕琢，我们所能感受到的是一种纯粹的时空律动。在翻译这本小说的过程中，我似乎又听到了她的嗓音。这是一个没有形容词堆砌，也没有冗长从句的文本，小说情节也没有跌宕起伏、一波三折，波伏瓦以局外人的清醒目光和干脆口吻讲完了一个萦绕她一生的故事。小说中，有一晚在安德蕾家的乡下城堡里，希尔维向安德蕾吐露心声，诉说自己对她的炽热情感，但她故意用一种冷淡的语气，仿佛往事随风，一切已成过去。谁能说写这本小说的波伏瓦不是那一晚的希尔维呢？

感谢编辑任菲女士对译稿的仔细审读。她删除了译稿中冗余的字句，并对译稿提出了很多宝贵意见。希望用中文讲述的这个故事，听起来仍然是波伏瓦的声音。

影像资料

感谢

希尔维·勒邦·德·波伏瓦（Sylvie Le Bon de Beauvoir）

和伊丽莎白·拉古昂协会（l'Association Élisabeth Lacoin）的

友情支持。

拉古昂一家 1923 年前后摄于奥巴尔丹（Haubardin）。第二排左起第四位是扎扎。

1927 年卡涅邦宅邸外景，扎扎和西蒙娜在这里度过了悠长假期。

西蒙娜，1915 年，此后不久她便遇到了扎扎。

扎扎肖像，1928 年。

莫里斯·梅洛－庞蒂，
扎扎的心上人，在书中叫作帕斯卡。

从左至右：扎扎、西蒙娜和热纳维耶芙·德·诺维尔，1928 年 9 月摄于卡涅邦。扎扎和西蒙娜十岁起成为朋友，那年她们都是德希尔教会学校的学生。

西蒙娜·德·波伏瓦在卡涅邦打网球，1928 年。

扎扎和西蒙娜在卡涅邦，1928 年 9 月。

雷恩路 71 号，1919—1929 年西蒙娜住在这栋楼六层左侧。

让－保罗·萨特和西蒙娜·德·波伏瓦在奥尔良门的市集上，摄于 1929 年 7 月教师资格考试期间。

花神咖啡馆，西蒙娜自 1938 年起是此地常客。

皇家大桥酒吧，1948 年。

Mercredi 15 Septembre
1920

Meyrignac
par Uzerche
(Corrèze)

Ma chère Zaza,

Je crois décidément que ma paresse n'a d'égale que la vôtre. voilà 15 jours que j'ai reçu votre grande lettre et je ne me suis pas encore décidée à vous répondre. Je m'amuse si bien ici que je n'en ai pas trouvé le temps.

Je reviens de la chasse; cela fait la troisième fois que j'y vais. je n'ai d'ailleurs pas eu de chance. mon oncle n'a rien tué les jours où j'ai été avec lui. Aujourd'hui il a touché une perdrix mais elle est tombée dans un buisson et n'ayant

一封童年信件的第一页和第四页。这是西蒙娜十二岁时写给扎扎的，用紫色墨水书写，信末署名“您形影不离的西蒙娜”：

“亲爱的扎扎，我坚信我的懒惰只有您的懒惰方可比拟：收到您那封长长的来信已有十五天，我还没有决定给您回信。我在这儿玩得很愉快，挤不出时间来写。刚刚我去打猎了，这是我第三次打猎。真不走运，我跟伯父去打猎的日子，他什么都没逮到。今天他打中了一只山鹑，结果山鹑掉进荆棘丛里了，没有……”

reste nullement.
Y a-t-il des mûres à Gagnepan? à Meyrignac nous en trouvons beaucoup, les haies en sont couvertes aussi nous nous en régalons.
Au revoir ma chère Zaza; ne me faites pas attendre votre lettre aussi longtemps que je vous ai fait attendre la mienne.
Je vous embrasse de tout mon cœur ainsi que vos frères et sœurs et particulièrement votre filleul.
Mes respects à madame Lacoin ainsi que les meilleurs souvenirs de maman.
Votre inséparable
Simone.
Tâchez de lire ce gribouillage sans trop de peine.

“……荡然无存。卡涅邦有黑莓吗？梅里尼亚克有很多，树篱上也挂着，我们美美地吃了好些。再见亲爱的扎扎，您等我的信等了很久，可是您不要像我一样，不要让我等回信等太久。我热情地拥抱您和您的兄弟姐妹，尤其您的教子。请向拉古昂夫人表达我的敬意，妈妈对她怀有美好的回忆。您形影不离的西蒙娜。胡乱写就，希望您读起来不会太费力。”

扎扎 1927 年 9 月 3 日写给西蒙娜的信，信中提到她故意用斧头砍伤自己，以此来躲避卡涅邦的扰攘。

卡涅邦，1927年9月3日

我亲爱的西蒙娜：

收到您来信的时候，我刚花了几个钟头来直面自我，进行坦诚的思索，我的头脑变得更加清晰，对自己有了更好的理解，这是我在假期前半段没有过的体验。读信时我感到很快乐，觉得我们彼此还是很亲近的，而您的上一封来信让我感觉您和我的距离很遥远，您突然之间走上了另一条路。总之，请您原谅我误会了您。我之所以产生错觉，是因为在上一封信中，您一再强调对真理的追寻，这是您最近的成果。不过，我觉得这份尽善尽美的工作只是一种目的，只是您的存在获得的一种意义，我看到您为此放弃了其他一切，放弃了我们人性中那些美好的部分。现在我知道您远没有这种自我摧残的打算，您不会放弃自身的任何东西。这才是真正的能量，对此我十分确信。我觉得应该努力达到某种内心的完美，在这种状态下，一切矛盾都烟消云散，自我得以舒展和实现。所以，我喜欢您那句“完全的自我拯救”。关于存在，这是最美的人类观念，与基督教“拯救自己的灵魂”在广义上有异曲同工之妙。

……即使您没有明说，光是通过您的来信带给我的平静感觉，我就知道您此刻内心一片祥和。感受到有一个人能完全理解您，能绝对相信彼此之间的友谊，人世间再没有比这更甜蜜的事了。

一旦可以成行，您就过来吧。如果方便的话，10号可以吗，当然其他日期也行。德·诺维尔一家8号到15号会在这里，您到时候会看到他们。也就是说，前面几天您会过得比较热闹，但我想着，他们走后您可以多待一段时间，您可以欣赏卡涅邦的宁静，一如它的热闹。我感到我那句“在玩乐中忘却一切”让您颇有微词，对此我要做一番解释，因为我其实言不由衷。我经历过这样一些时刻：无论什么都无法干扰我的凝神自观，玩乐变成一种真正的折磨。最近在奥巴尔丹有一场远游，跟朋友们一起去巴斯克地区。那时我实在太需要独处，根本不想玩乐，就给了脚一斧头，来躲避这次旅行。我在长椅上躺了八天，大家对我说些同情安慰的话，也有人感慨我真是不小心、笨手笨脚，但我最起码拥有了一点独处的时光和不说话、不玩乐的权利。

希望您在这儿的时候，我不需要砍伤自己的脚。11号，我们已经决定去二十五公里之外的地方看朗德赛牛，还要去一座古堡看望一家表亲。希望您能来。至于您怎么坐火车，我也不知道该怎么讲。您是坐到波尔多还是坐到蒙托邦？要是坐到蒙托邦的话，我们可以去里斯克勒接您，省得您再转车，里斯克勒离这儿不远。无论您坐哪趟车，无论白天黑夜什么时候到，我都可以开车去接您。

我想知道您的假期过得怎么样。如果您一收到这封信就能给我回信，请将信寄到马赛，留局自取，这样我就能知道您的近况。尽管相隔两地，我的心经常和您在一起。您知道这一点，但我还是要告诉您，因为用笔写出一个如此不容置疑的事实令我感到愉快。

我深情地拥抱您，请向布佩特转达问候，向您的父母表达我的敬意。

扎扎

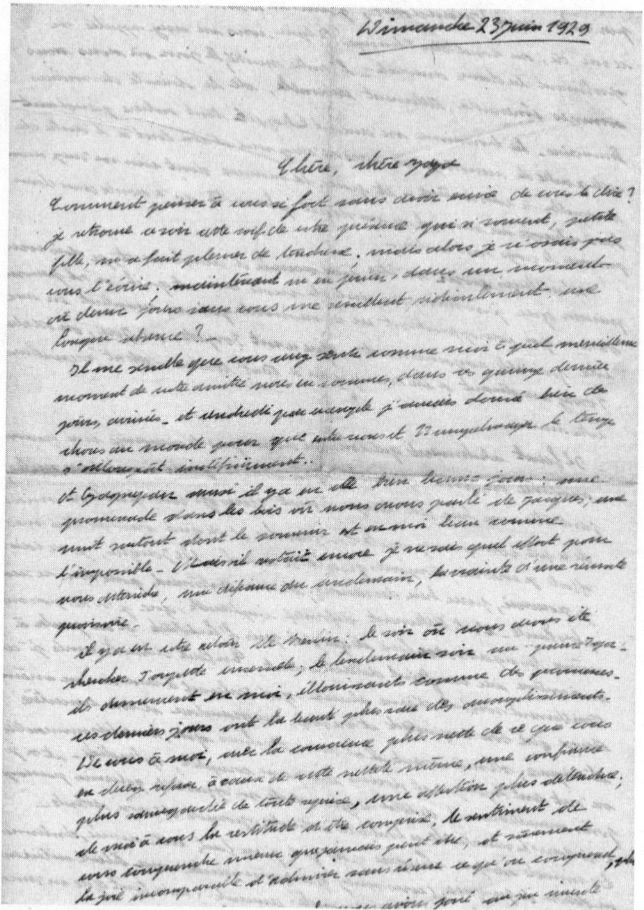

西蒙娜致扎扎的一封信的第一页，因为祖父刚去世（1929 年 5 月 12 日于梅里尼亚克），用的是丧事信纸。

第一页：

巴黎，1929年6月23日，周日

亲爱的、亲爱的扎扎：

怎么可能强烈地思念着您而不想告诉您？今晚我再次渴望您出现在我面前，可爱的姑娘，平日里我经常因为渴望见到您而啜泣，可是我不敢写信告诉您。如今一日不见如隔三秋，似乎有些可笑，难道要瞒着您不说吗？

似乎您也跟我一样，感觉到了最近两周我们的友谊已经到了怎样奇妙的阶段。比如说这个周五在韩贝尔梅耶甜点店，我愿意向世界献出很多东西，只要我们俩共度的时光能无限延长。

在卡涅邦也有过一些特别美好的时光：有一天，我们在树林里散步时谈论雅克；有一晚在我回忆中美得不像是真的。但还有一些说不清道不明的力量在打击我们，让我们怀疑明日，担忧成功转瞬即逝。

还记得您从柏林回来，晚上我们一起去接布佩特。第二天夜里在观赏《伊戈尔王子》时，仍想起从前那些美好的日子，如承诺一般熠熠生辉。最近这些天带有罕见的圆满之美。您更清晰地意识到什么是应该拒绝的，出于这份清晰的意识，由您及我，您的信心不再动摇不定，您的温情更加从容不迫；由我及您，我确信自己得到理解，觉得可能比任何时候都更好地理解您，而更完整的理解带来更彻底的欣赏，这让我感到莫大的喜悦。如果我们去玩了发明出来的游戏……

（第二页不在底片上，同样也缺少第四页）

les tendresses pour être sûre de [illegible]; et qui en donnant à chacun dans mon cœur toute la place qu'il peut occuper ce cœur demeure tout entier pour lui.

Je me demande souvent, presque malgré moi – car volontairement je me suis interdite de me mettre en face de lui, de m'interroger sur lui, [illegible]

Bonsoir, chère Zaza –

Votre Simone

P.S. – [illegible]

~~Samedi 25 janvier~~ 1er Mai

[illegible]

第三页。西蒙娜·德·波伏瓦在一封6月的信中引用了一段日记（5月1日）。

第三页：

……温柔以此来确信更喜欢他。当我要给每个人在心中留一个位置时，会发现我的整个心都是属于他的。

我经常有这种感觉，几乎不由自主，因为从主观愿望来说，我禁止自己再站到他面前，对他刨根究底。他的在场，无论带给我什么，无论让我失望还是满足，对我而言都太过沉重，无法独自承担。不过，我知道它是会让我满足的。

晚安，亲爱的扎扎

您的西蒙娜

另：我本想在信中向您倾诉柔情，证明我对您的无限信赖。重读一遍之后，我发现信里表现出来的只有疑虑，这出于话语比文字更容易中断。

不过，关于我的一切，为什么我还要自我欺骗，为什么我们还要自我欺骗？下面抄给您看的是我日记中的一些片段，没有任何改动，即使今晚我读起来觉得有几分可笑，但依然如实反映了我的内心。

~~1月26日周六~~ 5月1日

但是对他人一无所知，难道是我毫不在乎吗？光辉耀眼的重归，独一无二！……哦，想要少受些痛苦，因此贬低你，我内心的这点小把戏！这是痛苦吗？无论如何，我知道你离我这么近，也知道你正走向我，而非走向另一个人，但这光明的领地真是遥远啊……

雅克，你是个多么卓尔不群的人！卓尔不群……

为什么明知道这一点，却不敢坚持承认？为什么不肯相信内心的判断？你是一个卓尔不群的人，唯一一个让我觉得带有天才标志，而非富有才华、成功、聪明的人，唯独你将我带至安宁之外，快乐之外……

扎扎给西蒙娜的信，信中讲述了自己对莫里斯·梅洛-庞蒂的感情。

1929年10月10日，周四晚

我亲爱的西蒙娜：

尽管昨晚在“精选”酒吧*喝到味美思酒，得到舒适的接待，但我心情仍很低落。不过，不像冈蒂亚克常做的那样，我写信不是为了道歉。您应该理解，我当时还在为前一天收到的气传快信感到沮丧。那封信到得真不是时候。要是P（莫里斯·梅洛-庞蒂）能猜到我是怀着怎样的感情等待周四的会面，我想他是不会寄出的。但是他做得很好，我很喜欢他这样做，正好可以看看我能灰心丧气到什么程度，要知道，收到信时，我正孤零零一个人抵抗头脑里那些苦涩的想法，抵抗妈妈认为必须给我的那些凄惨的告诫。最伤心的是不能跟他交流。我不敢给他在图尔街的地址寄信。要是昨天只有您一个人在，我会在信封上您那难以辨别的字迹旁给他写几行字。您那么好，一定会立刻给他发一封气传快信，告诉他无论痛苦还是欢乐，我都跟他在一起，想必他明白这一点，更要紧的是，得让他知道他可以随时写信到我家里。希望他能尽量给我写信，因为如果不能在近期见到他，哪怕读到他的只言片语也是好的。另外，眼下他不需要担心我是否快乐。要是我跟他谈起我们，一定是很严肃地去谈。周二我跟您在费奈隆中学的院子里聊天时，感到幸福而安心，即使他出现在我面前能带给我同样的感觉，可生活中还有很多伤心事留待我们悲伤的时候去谈论。我爱的人们无须担心，我并没有逃避他们。此刻我觉得自己依恋着大地，甚至依恋着我自己的生命，这种依恋之情是我从未有过的。西蒙娜，我全心全意爱着您，您这位无视道德的优雅女士。

扎扎

*“精选”酒吧指的是丹佛尔大道91号，波伏瓦从外祖母那里租来的一个房间，从1929年9月开始，波伏瓦住在那里。这是她的第一个独立住所。

***

巴黎，1929年11月4日，周一

我亲爱的西蒙娜：

周六我见到了P（莫里斯·梅洛-庞蒂），就在今天，他哥哥动身去多哥了。这周直到周末他都很忙，要么上课，要么陪伴和安慰母亲，哥哥的远行让她很难过。我们会非常、非常高兴周六的时候在“精选”酒吧重聚，期待您到时穿那件精致的灰色连衣裙。平日里总是很难见到您。我知道周六小伙伴们会外出，为什么不把他们聚在一起跟我们见面呢？他们这么不愿意见我们吗？难道您害怕我们活吞了彼此？就我而言，我热切希望能尽早认识萨特，那天您读给我听的信，我真是太喜欢了，尽管那首诗写得有几分笨拙，但写得很美，让我思考良多。从现在起直到周六，因为家里的一些原因——具体就不跟您细讲了，否则太费时间——我无法像自己所希望的那样跟您单独会面。请您再等一等。

我一直很想念您，全心全意爱着您。

扎扎

西蒙娜·德·波伏瓦给扎扎的最后一封信，写于1929年11月13日。然而此刻的扎扎已经病入膏肓，很可能没有读到。在这封信里，波伏瓦最后一次使用“我形影不离的扎扎”这一称呼。11月25日扎扎去世。

1929年11月13日，周三

亲爱的扎扎：

希望您周日下午5点能来。您会见到自由身*的萨特。我想在那之前跟您见个面。周五下午2点到4点我们一起去秋季艺术沙龙怎么样？或者周六下午同一时间段也行。如果是周六的话，请尽快给我回音，告知见面地址。这几天我会在莫里斯·梅洛-庞蒂某堂课下课时，试着跟他见上一面。总之，如果您在我之前见到他，请转达我对他最深切的友谊。

希望那天您跟我说起的所有烦恼都已消失不见。亲爱的扎扎，跟您一起度过的时光对我而言无比幸福。我一直去国家图书馆，您想不想去？

每一页都是幸福，书写幸福的每个字母越来越大。此刻我比以往任何时候都更爱您，亲爱的往昔，亲爱的现在，我亲爱的形影不离的扎扎。拥抱您。

S.德·波伏瓦

*此处隐射萨特刚开始服兵役。

《形影不离》手稿第一页，写于 1954 年。

图书在版编目（CIP）数据

形影不离 /（法）西蒙娜·德·波伏瓦著；曹冬雪译. —杭州：浙江教育出版社，2021.12
ISBN 978-7-5722-2542-0

Ⅰ.①形… Ⅱ.①西… ②曹… Ⅲ.①长篇小说—法国—现代 Ⅳ.①I565.45

中国版本图书馆 CIP 数据核字 (2021) 第 203032 号

形影不离
XINGYINGBULI
［法］西蒙娜·德·波伏瓦　著　　曹冬雪　译

责任编辑：赵露丹
美术编辑：韩　波
责任校对：马立改
责任印务：时小娟
出　　版：浙江教育出版社
杭州市天目山路 40 号　电话：（0571）85170300-80928
印　　刷：河北鹏润印刷有限公司
开　　本：787mm × 1092mm　1/32
成品尺寸：125mm × 185mm
印　　张：6.5
字　　数：100 千
版　　次：2021 年 12 月第 1 版
印　　次：2021 年 12 月第 1 次印刷
标准书号：ISBN 978-7-5722-2542-0
定　　价：45.00 元

如发现印装质量问题，影响阅读，请与本社市场营销部联系调换，电话：0571-88909719